AF500074

Francesca Guidi

LA PROPOSIZIONE DI GÖDEL

Lulu editore

Proprietà Lulu editore, California, Stati Uniti

ISBN 978-1-84799-789-0

INDICE

INTRODUZIONE

Nel 1931, con *Über formal unentscheidbare Sätze der "Principia mathematica" und verwandter Systeme I*, Gödel pubblica l'articolo forse più famoso dell'intera logica matematica. L'incompletezza dei sistemi formali coerenti, che contengano l'aritmetica elementare, e insieme l'impossibilità di dimostrare, all'interno di quei sistemi, la loro coerenza sono i due risultati diretti dello scritto.

Di fronte al problema aperto dai paradossi della teoria degli insiemi, quello di restituire alla conoscenza matematica la piena certezza del suo procedere, e con Hilbert, in modo classico, il rango di modello per il pensiero di sicurezza e di verità, i teoremi di Gödel segnano l'insufficienza della fondazione assiomatica.

Il concetto di teoria assiomatizzata ha percorso comunque una ricca storia, ma all'infrangersi della più alta ambizione formalista per lungo tempo si è accompagnato il retrogusto della speranza tradita.

Il limite del metodo assiomatico regala però una subitanea consolazione; in chiave positiva, l'incompletabilità della matematica pare dischiudere all'inventiva concettuale uno spazio, di cui non si intravede la fine.

Qualcosa di questo atteggiamento, che si colora di ottimismo, prende corpo, in maniera molto chiara, nelle affermazioni di Tullio Regge (*L'universo senza fine*, 1999), fornendo al contempo una misura del successo dei teoremi di Gödel al di fuori della logica stessa. Se poniamo, al posto di "linguaggio formale" il termine "teoria o modello fisico", e a "decisione" sostituiamo "verifica sperimentale" di una legge fisica, otteniamo secondo Regge un modello convincente e realistico del procedere della scienza.

L'impresa scientifica entusiasma perché incompleta; ma l'universo per primo, nella sua realtà fisica, si configura come entità logicamente infinita, cioè indecidibile.

D'altro canto la non realizzabile chiusura della matematica entro il raggio di un sistema formale conduce, lungo le linee di forza che raccordano quest'ultimo all'essenza del procedimento meccanico, a una quasi fatale deduzione della superiorità dell'uomo su qualunque calcolatore. L'argomento che a tal fine sfrutta il teorema di Gödel riceve i suoi tratti iniziali già nel limpido testo di Ernest Nagel e James R. Newman, *Gödel's proof* del 1958.

Se si considera un calcolatore come l'istanziazione di un sistema formale, è agevole, nel confronto tra la prestazione umana e quella della macchina, rispetto all'intelligenza matematica, concludere a tutto vantaggio dell'uomo. Soltanto sul calcolatore, e proprio perché esso risulta paragonabile a un sistema consistente e adeguato per l'aritmetica, grava come un limite purissimo l'esistenza di una proposizione indecidibile. Questa rimane infatti né dimostrabile né refutabile, senz'altro ordine di considerazioni. Non così per l'umana mente, capace di coglierne, al di là dell'impasse sintattica, la verità.

La fortuna di questa interpretazione, suggestiva ma troppo frettolosa per risultare probante, resuscita oggi nei libri di Roger Penrose, mentre il teorema di Gödel diviene linfa di uno sterminato dibattito, in cui si fronteggiano opposti modelli per la mente, quello che le ascrive capacità qualitativamente diverse dal computazionale, o sovracomputazionali, e quello che la rinserra tra gli effetti dell'algoritmico. Non può non apparire conturbante come anche in questo secondo caso si sappia attingere, a piene mani, al teorema di Gödel; vi riesce Douglas R. Hofstadter, nel suo best-seller *Gödel*, *Escher*, *Bach*, ma non è il solo.

Ora sembrerebbe che la ragione, per quanto attiene all'utilizzo corretto dei risultati di Gödel, piuttosto che annidarsi negli argomenti di un Penrose o in quelli di un Hofstadter, riposi altrove.

Ma forse è, alle spalle del dibattito stesso, il continuo confrontarsi tra mente e macchina calcolatrice ancora, e nonostante l'erompere di un'era dell'informatica, tutt'altro che ovvio, avvinto d'astrazione, offuscato tanto dai pregiudizi eterni di chi teme la tecnica che dagli entusiasmi di chi in essa ripone ogni fiducia di un futuro radioso.

PARTE I

CAPITOLO 1

FONDAMENTI

1. *L'antinomia di Russell*

"Sia *w* la classe di tutte quelle classi che non sono membri di se stesse. Allora, qualunque sia la classe *x*, '*x* è una *w*' è equivalente a '*x* non è una *x*'. Quindi, dando a *x* valore di *w*, '*w* è una *w*' è equivalente a '*w* non è una *w*'."[1]

L'antinomia di Russell, per lettera comunicata a Frege il 16 giugno del 1902, apre ufficialmente la crisi dei fondamenti della matematica. Essa origina dal principio di comprensione per il quale, data una condizione/proprietà esiste l'insieme, o classe di tutti e soli gli oggetti che la soddisfano. Presa la condizione $x \notin x$, dove x sia una classe che non appartiene a se stessa, si determina la corrispondente classe *w* di tutte le classi che non appartengono a se stesse: *w* appartiene a se stessa?

[1]A. N. Whitehead, B. Russell, *Principia Mathematica*, Cambridge University Press, Cambridge, 1910-1913, II ed. 1925-1927 (trad. it. parziale di P. Parrini, *Introduzione ai Principia Mathematica*, La Nuova Italia, Firenze 1977, p. 122).

Posto che: $x \in w \equiv x \notin x$, sostituendo w a x si ottiene $w \in w \equiv w \notin w$.

In altre parole: se w appartiene a se stessa, allora soddisfa la condizione definitoria della classe, che è di appartenere a se stessa; se w non appartiene a se stessa, allora non soddisfa la condizione definitoria della classe e perciò deve appartenere a se stessa.

Con il principio di comprensione Bertrand Russell faceva vacillare in un colpo solo la teoria di Cantor, che su esso poggiava la costruzione di insiemi, come estensioni di proprietà arbitrarie, e in modo più diretto il progetto logicista di Frege. Mentre la rigorizzazione ottocentesca dell'analisi prospettava a base elementare della matematica l'aritmetica, Gottlob Frege intendeva ridurre ulteriormente l'aritmetica alla logica.

Le più semplici proposizioni aritmetiche, il concetto stesso di numero naturale sarebbero emersi chiarificati nel loro fondamento logico. Nei *Grundlagen der Arithmetik* del 1884 Frege definisce il numero come la classe di tutte le classi equinumerose a una classe data, dove due classi sono equinumerose, ovvero hanno la stessa potenza, se e solo se gli elementi dell'una possono porsi in corrispondenza biunivoca con gli elementi dell'altra. Così due sarà la classe di tutte le classi a due membri. La definizione di numero, come la fornisce Frege, sembra ancora a Russell "certamente definitiva e inattaccabile"[2].

Il problema non sta qui; esso sorge dall'elevare a regola generale per l'esistenza delle collezioni l'assioma di comprensione. Più esattamente, rispetto al primo volume dei *Grundgesetze der Arithmetik* (1893), l'antinomia di Russell colpisce il V dei principi lì postulati, per il quale: V-a) se sotto due concetti cadono gli stessi oggetti, allora i due concetti hanno estensioni uguali; V-b) se due concetti hanno estensioni uguali, sotto di essi cadono gli stessi oggetti. Ma per stabilire che proprio gli stessi oggetti cadano sotto le estensioni indicate, occorre avere già determinato che cosa sia 'estensione di un concetto'. Tuttavia giungiamo a contraddizione se assumiamo che per ogni concetto esista l'estensione corrispondente.

Da un lato l'oggetto matematico due, in quanto classe di classi, non si identifica con il concetto di due ma con la sua estensione. Ciò consente a Frege di considerare gli enti matematici come oggetti dell'universo logico.

D'altro canto i concetti si identificano con funzioni, i cui valori sono per qualunque argomento valori di verità.

---

[2]B. Russell, *Introduction to Mathematical Philosophy*, Allen and Unwin, London 1919 (trad. it. di L. Pavolini, *Introduzione alla filosofia matematica*, Longanesi, Milano, 1947 p. 39).

Nel primo volume dei *Grundgesetze* risulta possibile stabilire una gerarchia delle funzioni, quindi dei concetti, in gradi e tipi, in base alla natura e al numero degli argomenti sostituiti alle variabili libere.

Se in quest'idea di Frege Russell ravvisava un'anticipazione della propria teoria dei tipi, si osserva che si escludono dalla gerarchia gli oggetti. Anche se ciò ha particolari ripercussioni, poiché il piano dell'estensione si situa a livello oggettuale, l'antinomia di Russell si propone sia in termini di classi (estensioni concettuali) che in termini di predicati (concetti). "Innanzi tutto abbiamo l'enunciato in termini di predicati, che già venne dato. Se *x* è un predicato, *x* può essere o non può essere predicabile di se stesso. Ammettiamo che 'non predicabile di se stesso' sia un predicato. Allora supporre che questo predicato sia, o non sia, predicabile di se stesso, è autocontraddittorio. La conclusione, in questo caso, sembra ovvia: 'la non predicabilità di se stessi' non è un predicato.

Enunciamo ora la stessa contraddizione in termini di concetti-classe. Un concetto-classe può essere o non essere un termine della sua propria estensione.

La espressione 'concetto-classe che non è un termine della sua estensione' è palesemente un concetto-classe. Ma se esso è un termine della sua propria estensione, esso è un concetto-classe che non è un termine della sua propria estensione, e viceversa. Si deve pertanto concludere, contrariamente alle apparenze, che 'concetto-classe che non è un termine della sua propria estensione' non è un concetto-classe".[3]

Il paradosso di Russell non era del resto l'unico. Di poco precedenti si datano l'antinomia di Cesare Burali-Forti (1897) del massimo numero ordinale e l'antinomia di Georg Cantor (1899) del massimo numero cardinale; di poco successive l'antinomia di Jules Richard (1905) e quella di Julius König (1905), per citare solo alcune tra le più note. Ma più di ogni altra l'antinomia di Russell presentava come inderogabile la necessità di una chiarificazione del concetto di insieme, chiamando con esso in causa la possibilità di una fondazione logica dell'aritmetica.

2. *Il salvataggio del programma logicista*

2.a. *La teoria dei tipi semplici*

Malgrado Russell scopra l'antinomia durante la stesura di *The Principles of Mathematics* (1903), l'ideale logicista continua a apparirgli perseguibile. "La tesi fondamentale

[3]B. Russell, *The principles of Mathematics*, Cambridge University Press, Cambridge 1903 (trad. it. di L. Geymonat, *I principi della matematica*, Longanesi, Milano 1951, p. 167).

dell'opera, che la matematica e la logica siano identiche, è una tesi che io non ebbi finora ragione di modificare"[4].

Dei due scopi dell'opera il primo si enuncia in un programma affine a quello di Frege: provare che i concetti e le proposizioni della matematica pura sono riducibili a un numero piccolissimo di concetti e principi logici fondamentali. Il compito si configura come prosecuzione dell'opera di Giuseppe Peano, che derivava la teoria dei numeri naturali dalle tre idee fondamentali di zero, numero e successore e da cinque postulati[5]. Poiché le tre idee fondamentali si prestano a un numero infinito di interpretazioni, ognuna delle quali soddisfa i cinque postulati, occorre superare quella perfezione della aritmetizzazione. Persino quelle tre idee si possono spiegare

---

[4] *Ivi*, p. 13.

[5] Poiché per Peano il concetto di numero è un termine primitivo, gli assiomi non hanno il compito di definirlo, ma di enunciarne le proprietà. In modo informale i postulati di Peano sono:

a) zero è un numero;

b) il successore di ogni numero è un numero;

c) due numeri non possono avere lo stesso successore;

d) zero non è il successore di alcun numero;

e) ogni proprietà che appartenga tanto a zero quanto al successore immediato di ogni numero che goda di quella proprietà, appartiene a tutti i numeri (principio di induzione matematica).

in termini di relazioni logiche tra classi. Ma il salvataggio del progetto logicista richiede la soluzione dell'antinomia delle classi. Nell'appendice B ai *Principles*, compare a tal fine un abbozzo della teoria dei tipi. A essa spetta in primo luogo per ogni funzione proposizionale l'esame delle condizioni alle quali ha significato.

Essendo una funzione proposizionale un'espressione con uno o più componenti indeterminati, finché non si specifichi il campo di oggetti che la soddisfano, essa resta estranea alla significanza.

"Ogni funzione proposizionale $\phi(x)$, così si afferma, possiede, oltre al suo sistema di valori (*range*) di verità, un sistema di valori di significatività, ossia un sistema entro cui deve cadere x se vogliamo che $\phi(x)$ risulti comunque una proposizione, vera o falsa che sia."[6]

Considerando che le antinomie spesso nascondono una confusione tra i livelli di espressione in gioco, esse si risolvono instaurando una distinzione gerarchica tra i domini di significatività. "I sistemi di valori di significatività formano dei *tipi,* ossia, se x appartiene al sistema di valori di significatività di $\phi(x)$ allora esiste tutta una classe di oggetti (il *tipo* di x), i quali devono appartenere essi pure al sistema di

[6]B. Russell, *The principles of Mathematics*, *op. cit.* (trad. it., p. 713).

valori di significatività di $\phi(x)$".[7] Ricordando come Frege escludesse da ogni gerarchia l'oggettuale, che dà con l'estensione al concetto insaturo il significato, si può già notare per che via si ottenga una limitazione del principio di comprensione. Se intendiamo la gerarchizzazione in modo tale che il tipo più basso n consti di individui, alle funzioni che hanno individui come argomenti attribuiamo il tipo $n+1$; alle funzioni che come argomenti hanno funzioni di tipo $n+1$ il tipo $n+2$ e così via. In tal modo non è lecito dire che ogni condizione determini una classe, ma ogni condizione sugli oggetti di un determinato tipo determina una classe al tipo successivo.

Le funzioni proposizionali che non rispettano la gerarchia sono in generale prive di significato. Come tale si esclude l'antinomia di Russell, prevedendo essa una relazione di appartenenza tra enti dello stesso tipo: $x \in x$.

2.b. *Il principio del circolo vizioso*

La stratificazione in tipi semplici non rimedia a qualunque paradosso. Nei *Principia* l'esame delle principali contraddizioni che hanno colpito la logica matematica rivela una caratteristica comune di riflessività o autoriferimento. In ciascuna delle contraddizioni "si dice qualcosa su *tutti* i casi

---

[7] *Ibidem.*

di una qualche specie, e da quanto viene detto sembra generarsi un nuovo caso il quale è e al contempo non è della stessa specie dei casi che venivano presi in considerazione come *tutti* in ciò che veniva detto".[8]

Questo tratto caratterizza le totalità illegittime, tali per cui, dato un insieme qualsiasi di oggetti, se supponiamo che abbia un totale, esso dovrà contenere membri che presuppongono questo totale. La totalità illegittima nasconde una definizione impredicativa, quella cioè che definisce un ente attraverso la totalità o classe cui appartiene, o quella che ricorre a termini, la cui definizione è possibile soltanto facendo riferimento alla classe, cui l'ente da definirsi appartiene. Dalle definizioni impredicative originano i circoli viziosi. Riprendendo una suggestione di Henri Poincaré, Russell assume quel principio del circolo vizioso che ci consente di evitare le totalità illegittime. Esso appare così formulato: "Se - ammettendo che una certa collezione abbia un totale - essa contenesse membri definibili soltanto nei termini di quel totale, allora detta collezione non avrebbe un totale".[9] Oppure: "Qualunque cosa involga *tutti* i membri della collezione non deve essere membro della collezione"[10].

---

[8]A. N. Whitehead, B. Russell, *op. cit.* (trad. it., p. 126).

[9]*Ivi*, p. 84.

[10]*Ibidem.*

Nel contesto logicista il principio del circolo vizioso offre un'ossatura alla gerarchia dei tipi, in quanto vale da criterio per fissare i limiti della significatività rispetto alle funzioni proposizionali. Essendo l'ambiguità una caratteristica precipua di una funzione, fino a che non si assegni il valore della variabile, segue che $\phi(x)$ ha un significato definito solo se gli oggetti $\phi(a)$, $\phi(b)$, $\phi(c)$, ecc. sono definiti. Perciò "nessuna funzione può avere tra i propri valori qualcosa che presupponga la funzione stessa"[11]. Ma la gerarchia non è così semplice. Se chiamiamo

---

[11]*Ivi*, p. 87. Secondo Kurt Gödel nei *Principia Mathematica* si riscontrerebbero in realtà tre differenti principi del circolo vizioso, formulati in termini di definibilità, di involgimento e di presupposizione. La prima forma sarebbe di particolare interesse: solo questa infatti renderebbe impossibili le definizioni impredicative. Ma per Gödel questa è anche la forma meno plausibile delle tre: "Si può dimostrare che il formalismo della matematica classica non soddisfa il principio del circolo vizioso nella sua prima forma, poiché gli assiomi implicano l'esistenza di numeri reali definibili in questo formalismo solo facendo riferimento a tutti i numeri reali". [K. Gödel, *Russell's Mathematical Logic*, in P. A. Schlipp (a cura di), *The Philosophy of Bertrand Russell*, Library of living philosophers, vol. 5, Northwestern University, Evanston 1944 (trad. it. di C. Mangione, *La logica matematica di Russell*, in K. Gödel, *Opere,* vol. 2, Bollati Boringhieri, Torino, pp. 124-145, p. 132).] Ma essendo la matematica classica ricostruibile in base ai *Principia*, se ne deduce che il sistema stesso dei *Principia* non soddisfa al principio del circolo vizioso. Va comunque ricordato che, per Gödel, il principio

a-funzioni quelle significanti per un argomento dato *a*, constatiamo che le varie *a*-funzioni non sono tutte di un tipo. Distinguiamo in particolare quelle che non implicano riferimenti a nessun insieme di funzioni, le *a*-funzioni predicative, da quelle che implicano il riferimento a una totalità di funzioni.

In questo caso il rimando a tutti o a alcuni dei valori che una variabile può assumere, cioè la presenza di variabili apparenti, richiama il rischio di nuove fallacie. "Ogniqualvolta, con frasi intorno a 'tutti' o 'alcuni' valori che una variabile può sensatamente assumere, diamo origine a un nuovo termine, questo nuovo termine non deve essere uno dei valori che la variabile originaria può assumere, dato che, se lo fosse, la totalità dei valori su cui la variabile può estendersi sarebbe definibile soltanto in termini di se stessa e ci troveremmo invischiati in un circolo vizioso."[12]

Alla distinzione dei tipi si sovrappone quella degli ordini. Funzioni proposizionali uguali per il tipo di

---

del circolo vizioso nella sua prima forma diviene necessario soltanto se si assume, rispetto agli oggetti della logica e della matematica, una concezione nominalista, quale è appunto quella condivisa da Russell e Whitehead nei *Principia.* Intendendo invece le classi come oggetti reali, esso perderebbe il suo ruolo centrale.

[12]B. Russell, *Introduction to Mathematical Philosophy*, *op. cit.* (trad. it., p. 300).

argomento possono, a seconda delle variabili apparenti che vi compaiono, appartenere a ordini diversi. Grazie alla ramificazione in ordini, la variabile apparente universalmente quantificata, *tutti,* non si riferisce più a tutti gli oggetti di un determinato tipo ma viene circoscritta alla struttura tipo + ordine.

2.c. *Assiomi controversi*

La teoria dei *Principia* introduce alcuni problematici assiomi, la cui necessità non è di ordine logico, ma risponde all'obiettivo di ovviare a 'catastrofi matematiche'. Verrebbero a mancare la teoria del transfinito e dei numeri reali, se non si assumesse l'assioma dell'infinito. Esso equivale all'ipotesi che vi siano insiemi infiniti; enunciato come: "Se *n* è un numero cardinale induttivo, vi è almeno una classe di individui con *n* termini"[13], l'assioma comporta quindi che il numero totale degli individui al mondo non sia

[13]*Ivi*, p. 212. In realtà secondo Russell non disponiamo né di argomenti logici né di argomenti empirici per stabilire se l'assioma dell'infinito sia vero o falso. Dal punto di vista logico, il fatto che il concetto di infinito non sia autocontraddittorio, non lo rende infatti dimostrabile; dal punto di vista empirico invece, i nostri sensi non sono abbastanza acuti per cogliere se la struttura fisica (non matematica) dello spazio, del tempo e del movimento nello spazio e nel tempo abbia grana continua o discreta.

un numero induttivo (cioè un numero naturale definito, mediante il processo di induzione matematica, come "posterità" di 0 rispetto alla relazione di ogni numero con il suo successore). Infatti, se l'assioma è vero, non esisteranno due cardinali con lo stesso successore: dati *m* e *n* due numeri cardinali induttivi distinti, avremo $m + 1 \neq n + 1$. In modo simile potremmo affermare che *n* è effettivamente diverso da $n + 1$, mentre senza l'assioma resta l'eventualità che *n* e $n + 1$ siano entrambi la classe nulla.

"Supponete che vi siano esattamente nove individui nel mondo. (...) Allora i numeri cardinali induttivi da 0 a 9 sarebbero tali quali li conosciamo, ma 10 (definito come 9 +1) sarebbe la classe-nulla. (...) Lo stesso sarà per 9+2, o in generale per 9+*n*, a meno che *n* non sia zero."[14]

Adoperando i numeri per contare, anziché individui, classi, classi di classi e così via, potremmo comunque raggiungere un numero cardinale induttivo dato. Ma perdendo la progressione effettiva, non potremmo passare all'intera classe dei numeri cardinali induttivi. E poiché il numero dei numeri induttivi non è induttivo, non potremmo uscire dall'aritmetica dei numeri interi finiti.

Più impervio l'assioma di riducibilità, che scaturisce dal conciliare la doppia gerarchia di ordini e tipi con il

---

[14] *Ivi*, p. 214.

recupero di alcune parti della matematica, quali ad esempio la dimostrazione del teorema di Cantor, secondo cui il numero dei membri di un insieme dato α è sempre minore del numero dei sottoinsiemi di α.

Posto che una funzione si definisce predicativa quando è dell'ordine immediatamente successivo a quello del suo argomento, l'assioma di riducibilità viene ad affermare che, per qualsiasi funzione proposizionale, esiste una funzione predicativa formalmente equivalente ad essa[15].

L'assioma di riducibilità rende inoperante la distinzione in ordini; infatti "mediante questa assunzione, l'ordine di una funzione non predicativa può essere abbassato di uno"[16]. Ma individuando nell'ordine più basso

[15]"L'assioma di riducibilità sta nell'assunzione che, data una funzione qualsiasi $\phi\hat{x}$, vi è una funzione *predicativa* formalmente equivalente, ossia vi è una funzione predicativa che è vera quando ϕx è vera e falsa quando ϕx è falsa. In simboli l'assioma è

$$\vdash :(\exists\psi):\phi x.\equiv_x.\psi!x.$$".

[A. N. Whitehead, B. Russell, *op. cit.* (trad.it., p. 115).]

[16]*Ivi*, p. 120. E ancora: "L'assioma di riducibilità è equivalente all'assunzione che 'qualsiasi combinazione o disgiunzione di predicati è equivalente ad un predicato singolo', ossia all'assunzione secondo la quale, se asseriamo che x ha tutti i predicati che soddisfano una funzione $f(\phi!\hat{z})$, vi è un qualche predicato singolo che x avrà ogniqualvolta la nostra asserzione è vera, e che non avrà ogniqualvolta

per ogni tipo l'ordine predicativo, è possibile al contempo ascrivere alle proprietà la stessa equivalenza che si ravvisa tra le funzioni. In tal modo se ψ è l'equivalente predicativa di ϕ e gode della proprietà *f*, l'ordine determinato da ϕ gode della proprietà *f*. In altre parole esiste sempre un predicato equivalente a qualunque proprietà individuata da una funzione non predicativa. L'assioma di riducibilità permette quindi di sfuggire alla conclusione che due oggetti possano concordare in tutti i loro predicati senza essere identici. Considerando infatti che, se tutte le proprietà di secondo ordine di *x* competono a *y*, allora tutti i predicati di *x* competono a *y*, poiché 'avere tutti i predicati di *x*' è già una proprietà di secondo ordine, non si può, senza l'assioma, argomentare al contrario che se tutti i predicati di *x* competono a *y*, allora tutte le proprietà di secondo ordine di *x* devono competere a *y*.

È possibile, come commenta Russell, che con un'applicazione meno drastica del principio del circolo vizioso divenga evitabile l'assioma di riducibilità.

Approfondendo questa intuizione, nel 1925 (*The Foundations of Mathematics)* Frank Plumpton Ramsey asserisce

---

la nostra asserzione è falsa, e analogamente se asseriamo che *x* ha un qualche predicato singolo di quelli che soddisfano una funzione $f(\phi!\hat{z})$".

che la teoria dei tipi sviluppata nei *Principia* consterebbe in realtà di due parti distinte: A) la gerarchia semplice dei tipi; B) la ramificazione in ordini, che rende indispensabile l'assioma di riducibilità.

Ognuna di queste due parti, impropriamente unificate per deduzione comune dal principio del circolo vizioso, si dirige contro un certo genere di antinomie, che così risultano, a loro volta, ripartite in: A) antinomie propriamente matematiche (sintattiche); B) antinomie epistemologiche (semantiche)[17]. Le contraddizioni del gruppo B - punto uno, cinque, sei, sette dell'elenco dei *Principia* - oggi risolte mediante la differenziazione tra linguaggio e metalinguaggio, contengono tutte, secondo Ramsey, un elemento extra-logico, che scaturisce, più che dalla matematica stessa, dalla riflessione sulla matematica e

[17]Le antinomie semantiche elencate nei *Principia* sono quelle di: Epimenide (o del mentitore - nella sua forma più semplice, **A** afferma: "**A** mente"); Berry (o del più piccolo numero intero non nominabile in meno di n sillabe); König (o del più piccolo ordinale non definibile); Richard (per la sua descrizione si rimanda al cap. III della tesi). Figurano invece tra le antinomie sintattiche quelle di: Russell (già enunciata al § 1 cap. I); antinomia delle relazioni (variante dell'antinomia di Russell); Burali-Forti (se la serie bene-ordinata degli ordinali ha come numero ordinale Ω, la serie di tutti gli ordinali, Ω incluso, ha come ordinale Ω+1. Perciò Ω non è il numero ordinale di tutti gli ordinali).

dall'introdursi, con questa istanza di pensiero, di un riferimento al significato delle parole. Tali fallacie non sarebbero perciò importanti per un sistema di logica simbolica; ma con questa constatazione vien meno l'esigenza di mantenere l'assioma di riducibilità, che occorreva ad affrontarle.

Le contraddizioni che, come quella Russell, appartengono al gruppo A si annullano invece direttamente, grazie alla teoria dei tipi semplici, osservando che una funzione proposizionale non può prendere se stessa come argomento: l'affermazione che una classe appartiene a se stessa non è dunque né vera né falsa, ma priva di senso. In tal modo Ramsey scioglie il nodo forse più scabroso della costruzione dei *Principia*, ma al prezzo di restringere l'orizzonte della logica, che più non ha accesso alle nozioni intensionali coinvolte nei paradossi epistemologici.

3. *Assiomatica della teoria degli insiemi*

Obiezioni a Russell vengono anche da Ernst Zermelo. Fautore dell'autonomia della teoria degli insiemi, Zermelo ritiene che la sua fondazione non accada nell'alveo della logica. Occorre invece, nel rispetto di una specificità matematica, caratterizzare l'universo di Cantor con assiomi peculiari. Richiamandosi ai *Grundlagen der Geometrie* di David Hilbert, nel 1908 (*Untersuchungen über die Grundlagen der*

Mengenlehre, I) Zermelo fornisce la prima veste assiomatica della teoria degli insiemi[18].

Anche per Zermelo la questione dei paradossi discende dal definire l'insieme come estensione di un concetto arbitrario. Pensando alla formulazione assiomatica come a ciò che dà e precisa le condizioni sull'esistenza delle collezioni, il principio di comprensione, troppo ampio e vago, è sostituito dall'assioma di isolamento (o separazione). Esso può essere così enunciato: se p(*x*) è una funzione

[18]Gli assiomi costitutivi per Ernst Zermelo (1908) sono: I) assioma di determinatezza (ogni insieme è determinato dai suoi elementi); II) assioma degli insiemi elementari (esiste un insieme - l'insieme vuoto ∅ - che non contiene alcun elemento; se *a* è un oggetto del dominio, esiste un insieme {a} il cui solo elemento è *a*; se *a* e *b* sono due oggetti del dominio, esiste un insieme {a, b}, i cui soli elementi sono *a* e *b*); III) assioma di isolamento (separazione); IV) assioma dell'insieme potenza (per ogni insieme *x*, si possono raccogliere in un insieme tutti i sottoinsiemi di *x*, compreso l'insieme vuoto e *x* medesimo); V) assioma dell'unione (per ogni insieme x, esiste un insieme x' che contiene gli elementi dei suoi elementi); VI) assioma di scelta (per un insieme qualunque *x* di insiemi non vuoti, esiste un insieme che contiene un elemento di ogni elemento di *x*); VII) assioma dell'infinito (esiste un insieme infinito); VIII) assioma di rimpiazzamento (se ad ogni elemento b di un insieme y si sostituiscono elementi arbitrari b', l'unione di tutti i b' costituisce un insieme); IX) assioma della fondazione (ogni insieme non vuoto ha un elemento minimale - Urelemente).

proposizionale definita per tutti gli elementi di un insieme M, M possiede un sottoinsieme M_p che contiene tutti e soli gli elementi *x* di M, i quali soddisfano la proprietà p.

Tale assioma impone dunque, alla più generica concezione di insieme come aggregato di oggetti distinti del nostro pensiero, due restrizioni: in primo luogo, nessun insieme può essere definito in modo indipendente, ma sempre e soltanto per separazione come sottoinsieme di un insieme già dato. Ciò esclude nozioni contraddittorie come quella di classe di tutte le classi, poiché l'esistenza della classe totale non risulta evidentemente pensabile come prodotto dell'isolamento entro una classe precostituita.

In secondo luogo, il criterio di separazione deve essere "ben definito", mediante le leggi universalmente valide della logica, rispetto alle relazioni fondamentali, della forma "a $\in$ b", che sussistono tra gli individui (elementi, insiemi) del dominio della teoria assiomatizzata. Svaniscono perciò criteri come "definibile in un numero finito di parole", e con essi l'antinomia di Richard.

Il principio di separazione realizza la volontà di evitare insiemi troppo grandi. Tale soluzione ha, come noterà Kurt Gödel nel 1944 (*Russell's Mathematical Logic*), un preludio nel saggio di Russell del 1905 *On some difficulties in the theory of transfinite numbers and order types.*

Per affrontare le contraddizioni qui si avanzano tre proposte: la teoria dello zig-zag, quella della limitazione di grandezza, e la no-classes theory.

Di esse la teoria della limitazione di grandezza richiede appunto che una classe possa esistere solo se non è troppo grande[19].

---

[19]Mentre per la teoria della limitazione di grandezza, l'esistenza di una classe sarebbe quindi determinata dall'estensione di una funzione proposizionale, secondo la teoria zig-zag essa dipenderebbe dal suo contenuto o senso, richiedendo una certa "semplicità" che andrebbe formulata con precisione. Cioè le funzioni proposizionali, che fossero oscure o troppo complicate, cesserebbero di definire una classe. Dalla teoria senza-classi, che considera le classi come *façon de parler*, si svilupperebbe invece l'opera successiva di Russell.

Nei *Principia* si legge infatti: "I simboli per la classi, al pari di quelli per le descrizioni, sono, nel nostro sistema, simboli incompleti: ne vengono definiti gli *usi*, ma non si assumme affatto che presi da soli essi significhino qualcosa" [N. A. Whitehead, B. Russell, *op. cit.* (trad. it., p. 144)]. Contrariamente al realismo platonico che domina nei *Principles*, le classi sono ora "mere comodità simboliche o linguistiche, e non degli oggetti genuini" (*ibidem*), o, come si confermerà nella *Introduction to Mathematical Philosophy*: i simboli che designano le classi sono una mera comodità, e non rappresentano oggetti detti 'classi'.

Resta peraltro travagliato il rapporto tra teoria delle classi e assioma di riducibilità. Quest'ultimo trova una ragione d'essere nel costituirsi come assunzione più debole di quella dell'esistenza delle classi: "sia a causa delle contraddizioni, che richiedono un trattamento

Ma Zermelo è il primo a postulare l'assioma dell'infinito e l'assioma di scelta, di cui Russell nei *Principia* fornisce, con l'assioma moltiplicativo, una versione equivalente[20]. Sia α una classe e x la classe di tutte le

più complicato se si assumono le classi, sia per l'opportunità di far sempre l'assunzione minima necessaria alla dimostrazione dei nostri teoremi, preferiamo assumere l'assioma di riducibilità piuttosto che l'esistenza delle classi" (*Ivi*, p.118). Consapevoli della scarsa evidenza dell'assioma di riducibilità, nella successiva edizione dei *Principia*, Russell e Whitehead affermano esplicitamente come la sua giustificazione, di natura pragmatica, lasci insoddisfatti. Il tentativo di limitarne la portata adottando la tesi estensionale di Wittgenstein, che "le funzioni di proposizioni sono sempre funzioni di verità, e che una funzione può ricorrere in una proposizione soltanto attraverso i suoi valori" (*Ivi*, p. 172), provoca d'altro lato una complicazione della teoria delle classi: "dobbiamo adesso distinguere classi di ordini differenti composte di membri del medesimo ordine" (*Ivi*, p.219). Il problema maggiore si risiede comunque, ad avviso di Russell, a fianco della meno grave impossibilità di dimostrare, senza l'assioma, il teorema di Cantor, nella mancata derivazione della teoria dei numeri reali. Va osservato per altro che in *Introduction to Mathematical Philosophy*, dopo una dichiarazione di agnosticismo rispetto alla reale esistenza delle classi, Russell conserva il tanto discusso assioma, ribadendone la necessità pragmatica. Ma, in quanto forma generalizzata del principio di identità degli indiscernibili di Leibniz, esso risulta indubitabilmente vero nel mondo empirico e non logicamente necessario.

[20] L'assioma moltiplicativo nei *Principia* è così definito:

$$\text{Mult ax.} = :. k \in \text{Cls ex}^2 \text{ excl.} \supset_k : (\exists \mu) : \alpha \in k . \supset_\alpha . \mu \cap \alpha \in 1$$

sottoclassi di α esclusa la classe nulla: esiste almeno un selettore di *x* (cioè è sempre possibile scegliere in *x* un singolo elemento *m*, *n*, *r* ... da ognuna delle sottoclassi di α, e combinare gli elementi scelti in una nuova classe).

Da qui discende il teorema del buon ordinamento, per il quale ogni classe può essere ben ordinata.

4. ***David Hilbert: Grundlagen der Geometrie***

4.a. ***Assiomi come definizioni implicite***

Nei *Grundlagen der Geometrie* (1899) Hilbert dà corpo a una nuova concezione assiomatica della geometria euclidea. Non possedendo più nell'evidenza il valore di una incontrovertibile verità, i postulati ora divengono definizioni implicite. Come tali assolvono al compito di delimitare la comprensione delle nozioni primitive che vi compaiono; ma questo in via del tutto relazionale.

I cinque gruppi di assiomi, che Hilbert pone alla base dell'universo tridimensionale, prestano cioè schemi di relazioni per i tre tipi di oggetti fondamentali: punti (che costituiscono gli elementi della geometria della retta), rette

---

se k è una classe di classi mutuamente esclusive, nessuna delle quali sia nulla, vi è almeno una classe μ formata da uno e un solo membro di k. [N. A. Whitehead, B. Russell, *op. cit.* (trad. it., p. 191).]

(che insieme ai punti formano gli elementi della geometria piana), piani (che con punti e rette sono gli elementi della geometria solida), la cui identità è di per sé priva di contenuto: "Noi consideriamo punti, rette e piani in certe relazioni reciproche ed indichiamo queste relazioni con parole come 'giacere', 'fra', 'congruente'; la descrizione esatta e completa, ai fini matematici, di queste relazioni segue dagli *assiomi della geometria.*"[21].

E ancora: "Un concetto può essere logicamente definito solo attraverso le sue relazioni con altri concetti. Queste relazioni, formulate in enunciati determinati, le chiamo assiomi e pervengo in tal modo al risultato che gli assiomi (eventualmente con l'aggiunta delle denominazioni

---

[21] Tuttavia i cinque gruppi di assiomi esprimono ancora per Hilbert "certi fatti fondamentali omogenei della nostra intuizione" e sono così individuati:

I) Assiomi di collegamento (che caratterizzano la relazione di appartenenza di punti, rette, piani nello spazio tridimensionale);

II) assiomi di ordinamento (che definiscono il concetto 'fra');

III) assiomi di congruenza (che definiscono il concetto di congruenza e quindi quello di movimento);

IV) assioma delle parallele (euclideo);

V) assiomi di continuità (archimedeo e di completezza lineare). [D. Hilbert, *Grundlagen der Geometrie*, Teubner, Leipzig 1899 (trad. it. di P. Canetta, *Fondamenti della geometria,* Feltrinelli, Milano 1970, p. 3).]

per i concetti) sono le definizioni dei concetti."[22] La teoria, così pura nei suoi rapporti, consente a che gli enti primitivi possano essere sostituiti con qualunque altro sistema di elementi che soddisfi gli assiomi. "Si comprende da sé che ogni teoria è solo un telaio, uno schema di concetti unitamente alle loro mutue relazioni necessarie, e che gli elementi fondamentali possono venire pensati in modo arbitrario. Se con i miei punti voglio intendere un qualunque sistema di enti, per esempio il sistema: amore, legge, spazzacamino..., allora basterà che assuma tutti i miei assiomi come relazioni tra questi enti perché le mie proposizioni, per esempio il teorema di Pitagora, valgano anche per essi. In altre parole: ogni teoria può essere sempre applicata a infiniti sistemi di elementi fondamentali."[23] La definizione dei concetti per via relazionale ha un antecedente storico in geometria proiettiva con il principio di dualità, formulato da Joseph-Diez Gergonne negli *Annales de Mathématiques pures et appliquées* (1826). Notando che nell'algebra una medesima equazione è soddisfatta da radici diverse, Gergonne ravvisa come, in alcune proposizioni vere della geometria proiettiva, lo scambio di particolari termini

[22]Hilbert a Frege, 22.09.1900, in G. Frege, *Wissenschaftlicher Briefwechsel*, Meiner, Hamburg, 1976 (trad. it. parziale di A. M. Obwexer, *Alle origini della nuova logica*, Boringhieri, Torino, p.64).

[23]Hilbert a Frege, 29.12.1899, *ivi*, p. 52.

permetta di ricavare ancora proposizioni vere. Così resta vero l'enunciato che si ottiene sostituendo alle nozioni di 'punto', 'collineare' e 'interseca', le nozioni di 'retta', 'concorrente' e 'unito a'. In generale la legge di dualità del piano consente che, in una proposizione vera intorno a figure proiettive piane, si possano permutare tra di loro, lasciando immota la parola piano, le parole punto e retta. Ad es.: due punti distinti di un piano individuano una retta; due rette distinte di un piano individuano un punto. Ancora, ferma rimasta la parola retta, si scambino le parole punto e piano per la dualità dello spazio: due punti distinti individuano una retta; due piani distinti individuano una retta. Il sistema delle relazioni tra i simboli vale quindi indipendentemente dall'interpretazione che si assegna ai simboli stessi. Negli assiomi come definizioni implicite, la comprensione di uno dei loro termini emerge grazie all'intergioco tra gli altri, ma la legittimità teorica viene a poggiare sulla non contraddittorietà formale.

4.b. ***Una prova di coerenza relativa***

Nei *Grundlagen der Geometrie* Hilbert scarica il problema della coerenza della geometria euclidea su quello della coerenza dei numeri reali. Interpretando i punti e le linee come coppie di numeri reali e equazioni lineari, egli dimostra che gli assiomi individuati per la geometria euclidea sono simultaneamente soddisfatti nella geometria analitica[24].

Si ottiene in tal modo una prova di coerenza relativa alla coerenza del sistema scelto come modello. Il problema così slitta di teoria in teoria. Lungi dall'assicurarsi un risultato stabile, si proporrà di lì a poco l'esigenza di una prova assoluta di non contraddittorietà per l'aritmetica.

Ma la prova di coerenza ha già il senso della fondazione, perché essa rappresenta per Hilbert la garanzia di esistenza e verità degli enti matematici. "Se assiomi arbitrariamente stabiliti non sono in contraddizione, con tutte le loro conseguenze, allora essi sono veri, allora esistono gli enti definiti per mezzo di quegli assiomi. Questo è per me il criterio della verità e della esistenza."[25]

Al confronto con l'universo non euclideo, l'affermazione può suonare scottante. La coerenza di questi nuovi sistemi di assiomi fornirebbe altrettante descrizioni vere dello spazio. È chiaro che provando l'indipendenza

---

[24]"Ci sono, come si riconosce, infinite geometrie che soddisfano agli assiomi I-IV e V 1, mentre ce n'è una sola, cioè la geometria cartesiana, in cui è valido nello stesso tempo anche l'assioma di completezza V 2." [D. Hilbert, *Grundlagen der Geometrie*, *op. cit.* (trad. it., p.37).]

[25]Hilbert a Frege, 22.12.1899, in G. Frege, *op. cit.* (trad. it., p. 51).

degli assiomi l'uno dall'altro, sempre grazie al modello dell'analitica cartesiana, si conforta la legittimità di una geometria non euclidea.

Il caso ovvio ma eclatante si ritrova nell'assioma delle parallele, la cui indipendenza sigilla addirittura la convivenza delle creazioni non euclidee.

Ma non può non sorgere il quesito se e come un sistema di assiomi sappia caratterizzare, in modo prettamente unico, un insieme di oggetti e relazioni. Al proposito Hilbert introduce tra gli assiomi di continuità (V gruppo), quello di completezza lineare. "Il sistema dei punti di una retta con le sue relazioni di ordinamento e congruenza non è suscettibile di un ampliamento per il quale rimangono inalterate le relazioni sussistenti tra gli elementi precedenti come pure le proprietà fondamentali di ordinamento lineare e congruenza che seguono dagli assiomi I-III ed anche V1".[26] Il postulato di continuità archimedeo[27] basterebbe da solo a correlare con coordinate cartesiane uno spazio S, in modo che a ogni suo punto corrispondano numeri reali. Ma la reciproca, che a ogni gruppo di valori

---

[26]D. Hilbert, *Grundlagen der Geometrie*, *op. cit.* (trad. it., p. 31).

[27]Il postulato di Archimede afferma che, dati due segmenti diseguali $\alpha < \beta$, esiste sempre un terzo segmento $n(\alpha)$, multiplo di α, per il quale si ha: $n(\alpha) > \beta$.

reali corrisponda un punto di S, non è garantita; quindi si può ampliare S.

Se si vuole però che la coerenza valga come condizione di esistenza, non basta la soddisfacibilità semplice, occorre la categoricità del sistema degli assiomi che definisce lo spazio, perciò che si ottenga coincidenza tra i punti di S e i numeri reali. Ma con la non estensibilità per una retta si segna proprio l'unicità della struttura-modello. Dopo la pubblicazione dei *Grundlagen der Geometrie* si osservò che, invece di questa condizione, si poteva assumere quella più debole della decidibilità di ogni enunciato del linguaggio in base agli assiomi, cioè della completezza sintattica del sistema. In ogni caso, nell'aspettativa che coerenza e completezza si richiamino l'un l'altra, diventa urgente la ricerca di una prova di non contraddittorietà conclusiva.

5. *Finitario/infinitario*

Poiché la coerenza della geometria è rimandata a quella dell'analisi, e l'analisi è a sua volta riducibile all'aritmetica elementare, resta da fondare quest'ultima. L'antinomia di Russell riporta al vivo la questione, palesando l'impossibilità di avvalersi dei concetti della teoria degli insiemi. C'è per altro una differenza essenziale tra il problema della coerenza della geometria e quello dell'aritmetica, che per l'aritmetica non sembri lecito il rinvio a altra disciplina fondamentale. La via consueta, che consiste nel dimostrare la non contraddittorietà mediante un modello, risulta inadeguata. Infatti per l'aritmetica elementare, già in virtù della successione dei numeri naturali globalmente presa, occorrerebbe un modello complesso almeno quanto l'aritmetica stessa e a infiniti elementi. Non abbracciabile nella sua interezza, non si avrebbe modo certo per appurare che tale modello sia immune da contraddizioni.

Hilbert richiede quindi una preliminare delucidazione del concetto di infinito. Nonostante lo sviluppo della matematica ne riveli la fertilità, esso è fortemente aporetico. Come attestano le antinomie, l'accettazione di totalità infinite in atto porta a conseguenze non controllabili. Occorre quindi, sull'esempio dell'analisi, che riduce a operazioni con il finito le operazioni sugli infinitesimi, perseguire in generale nei procedimenti matematici una consimile riduzione. Tutte le espressioni matematiche si dividono per Hilbert in due classi: enunciati reali (finitari) e enunciati ideali (infinitari). Gli enunciati reali, o proposizioni dotate di senso, condensano il nucleo della matematica finitaria. Di correttezza subitanea e palese, essi vertono su oggetti al di qua del dubbio "che esistono intuitivamente come qualcosa di immediato, prima di ogni pensiero"[28]. A

---

[28]D. Hilbert, "*Über das Unendliche*", «Mathematische Annalen», 95 (1926), pp. 161-190 (trad. it. di V. Abrusci, *Sull'infinito*, in D. Hilbert,

priori della rappresentazione[29], tali oggetti costituiscono il prerequisito di ogni ragionamento logico. Padroneggiabili in ogni loro parte e nelle loro semplici, mutue relazioni, si configurano come quei segni, la cui forma per noi si impone, con universalità e sicurezza riconosciuta, ovunque e in ogni tempo. Come oggetto iniziale della teoria dei numeri Hilbert presceglie la cifra 1; un processo di prosecuzione, l'aggiungere 1, definisce ogni altro numero, in modo da conservarne la concretezza discreta: sempre infatti si può dominare, in una cifra, le parti di cui si compone.

Ricerche sui fondamenti della matematica, Bibliopolis, Napoli 1978, pp.233-266, p. 243).

[29]Il riferimento a Immanuel Kant è esplicito e ricorrente in Hilbert, che ritiene le proprie indagini sui fondamenti della matematica in sintonia con la ricerca delle condizioni a priori di conoscenza ed esperienza tentate dal filosofo di Königsberg. Si legga per esempio: "Per la costruzione della teoria dei numeri abbiamo bisogno di una certa impostazione intuitiva a priori. Con ciò, quindi, mantiene la sua importanza l'idea basilare più generale della gnoseologia kantiana". [D. Hilbert, "*Naturerkennen und Logik*", «Naturwissenschaften», 18 (1930), pp. 959-963 (trad. it., *Conoscenza della natura e logica*, in D. Hilbert, *Ricerche sui fondamenti della matematica*, *op. cit.*, pp. 301-311, p. 306).] Delimitando l'ambito del finitario, Hilbert pensa di ottenere appunto quelle conoscenze contrassegnate dal tratto dell'universale e del necessario, del tutto indipendenti dall' esperienza. Perciò rispetto alla matematica pura, la teoria dell'a priori "è sostanzialmente l'impostazione finitaria da me caratterizzata" (*ivi*, p. 309).

Si introducono inoltre alcuni segni per la comunicazione: i numeri usuali, per abbreviare determinate cifre, come 2 al posto di 1+1; i segni > e < per esprimere relazioni di grandezza tra cifre e i segni = e ≠ per coincidenza o diseguaglianza; lettere minuscole nerette, per indicare una qualunque cifra non fissata.

Tipi di enunciati reali sono quindi: 2 + 3 = 3 + 2 e **a** + **b** = **b** + **a**, dove il secondo comunica l'identità dei segni numerici **a** + **b** e **b** + **a**. In sintesi il ragionamento finitario si compie in forma di *Gedankenexperimente* su oggetti che vengono supposti come *concretamente presenti*: i numeri. Ogni costrutto finitario si situa nei limiti di questa rappresentabilità di principio degli oggetti e di una altrettanto basilare eseguibilità dei processi.

Ma non si ricava così l'intera matematica: il procedimento contenutistico si rivela insufficiente ogni volta che desideriamo produrre asserzioni su infiniti numeri o funzioni. Già l'algebra oltrepassa tale soglia contenutistica, trattando le espressioni letterali come costrutti autonomi formali: in $a + b = b + a$, a e b rivestono il ruolo di vere e proprie variabili numeriche. A un simile enunciato ideale, Hilbert riguarda come a un oggetto per l'applicazione di regole che consentono di derivare singoli enunciati finitari: da $a + b = b + a$ per la regola di sostituzione si desume 2 + 3 = 3 + 2. Quindi "la matematica diviene un patrimonio di formule: in primo luogo, formule cui corrispondono comunicazioni contenutistiche di enunciati finitari, e in secondo luogo altre formule che non significano niente e che sono i *costrutti ideali della nostra teoria.*"[30]

Gli enunciati ideali si reputano senza significato, in quanto versano su oggetti astratti o totalità infinite; ma dell'infinito non si trova realizzazione né in natura né nel fondamento del nostro operare razionale: il suo concetto travalica l'esperienza.

Ma una più urgente ragione impone di adottare gli enunciati ideali. Se gravitiamo nella ristretta area finitaria, i tradizionali rapporti logici sfumano infatti di fronte alla quantificazione.

Una proposizione esistenziale della forma 'esiste una cifra n con la proprietà $A(n)$' si intende finitariamente come giudizio parziale, o comunicazione incompleta di un enunciato meglio determinato. Per esempio il teorema di Euclide, che il numero dei numeri primi si estenda oltre qualsiasi limite, trova traduzione in: posto **p**, intero primo, tra **p** + 1 e **p**! + 1 esiste certamente un nuovo numero primo. 'Esiste' abbrevia qui la più completa ma conclusa combinazione di enunciati singolari mediante "o": "$\mathbf{p} + 1 \vee \mathbf{p} + 2 \vee \mathbf{p} + 3 \ldots \vee \mathbf{p}! + 1$".

[30]D. Hilbert, "*Über das Unendliche*", *art. cit.* (trad. it., p. 249).

Si salta invece nel transfinito con l'asserzione più debole: esiste un numero primo > di **p**, ovvero "**p** + 1 ∨ **p** + 2 ∨ **p** + 3 ... ∨ ... in infinitum".

Un giudizio universale 'per ogni cifra *n* vale la proprietà A(*n*)' è dal canto suo interpretabile finitariamente solo come giudizio ipotetico, la cui legge si verifica per ogni singolo caso presente.

Ciò però lo rende non suscettibile di una negazione, che dovrebbe praticare un esame infinito di tutti i numeri. Ne segue che non si applica l'alternativa secondo cui tale giudizio o è soddisfatto per ogni cifra o è refutabile mediante un controesempio. Ma la rinuncia al principio del terzo escluso si evita, aggiungendo agli enunciati reali i costrutti ideali; il sistema che ne scaturisce mantiene la validità delle leggi della logica aristotelica.

6. ***Teoria della dimostrazione***

Ora si sovrappone la distinzione tra un linguaggio oggetto, quello della teoria di cui si vuole dimostrare la coerenza, e un metalinguaggio, quello della matematica finitaria, con cui si procede alla dimostrazione. Perché ciò accada in modo effettivo, occorre evidenziare la struttura sintattica della teoria. Riprendendo la concezione del metodo assiomatico sviluppata nei *Grundlagen der Geometrie*, Hilbert avanza la necessità della formalizzazione: non avendo gli enunciati ideali, dal punto di vista finitario, alcun significato, su di essi le operazioni logiche non si applicano alla stessa maniera contenutistica che sugli enunciati reali. Bisogna quindi riprodurre tali operazioni con il formalismo del calcolo logico: "in perfetta analogia con il passaggio dalla teoria contenutistica dei numeri all'algebra formale, noi consideriamo ora i segni e i simboli di operazioni sul calcolo logico astraendo dal loro significato contenutistico"[31]. Quel carattere di concretezza che i segni numerici rivestivano per la teoria dei numeri, lo assumono adesso assiomi, formule, dimostrazioni per la metamatematica o *teoria della dimostrazione* (Beweistheorie): "Nell'indagine che ora facciamo è proprio la dimostrazione un qualcosa di concreto e di esibibile; le argomentazioni contenutistiche si svolgono soltanto sulla dimostrazione"[32].

La Beweistheorie consegue, nelle intenzioni di Hilbert, una vera e propria critica della dimostrazione, allo scopo di rendere sicuri i teoremi con cui il matematico opera. Questa sicurezza emerge dall'esibizione della non

---

[31]*Ivi*, p. 250.

[32]D. Hilbert, "*Neubegründung der Mathematik. Erste Mitteilung*," «Abhandlungen aus dem mathematischen Seminar der Hamburgischen Universität», 1 (1922), pp. 157-177 (trad. it., *Nuova fondazione della matematica*, in D. Hilbert, *Ricerche sui fondamenti della matematica*, *op. cit.*, pp. 189-213, p. 204).

contraddittorietà degli assiomi della teoria dei numeri, cosa che si accerta in modo concreto se nessuna formula del tipo **a** $\neq$ **a** è deducibile da essi. Si ottiene così, assieme all'auspicata prova di coerenza assoluta per l'aritmetica, la giustificazione dell'aggiunta degli elementi ideali. Hilbert ritiene che, per questa via, il problema dei fondamenti verrebbe definitivamente eliminato e la matematica restituita al rango di verità incontestabile.

7. *Coerenza e esistenza*

Poiché "la proprietà richiesta dalla formula, cioè quella di essere '1 $\neq$ 1', è una proprietà concretamente constatabile della dimostrazione"[33] con la ricerca della prova di coerenza non si esorbita mai dall'ambito delle considerazioni intuitive. L'intuitività della metamatematica sollecita il confronto con le posizioni di Luitzen Egbertus Jan Brouwer. Per Brouwer, padre dell'intuizionismo, la fonte del pensiero matematico è l'intuizione, come capacità di considerare distintamente precisi concetti e costruzioni. Gli oggetti matematici non hanno un'esistenza indipendente dal pensiero, ma essi esistono in tanto che, attualmente compresi, se ne può fornire un metodo di costruzione o un

[33]D. Hilbert, "*Über das Unendliche*", *art. cit.* (trad. it., p. 253).

esempio[34]. Il criterio della costruibilità cautela dalle antinomie, che per lo più nascono dall'attribuzione di una

[34]Nelle lezioni di Cambridge, Brouwer designa l'intuizione basilare della matematica con il nome di 'duità' (twoity). Al vissuto introspettivo, la nozione di 'passaggio al successivo' appare, rispetto alla successione potenzialmente infinita dei numeri naturali, "percezione di un moto temporale. Tale percezione può essere descritta come separazione di un momento di vita in due cose distinte". La duità è però recepita "nella forma vuota del substrato comune a tutte le duità", cioè nell'interpretazione psicologica il passaggio al successivo diviene, spogliato delle qualità dei numeri differenziati, un susseguirsi di posti vuoti. [L. E. J. Brouwer, *Brouwer's Cambridge Lectures on Intuitionism*, Cambridge University Press, Cambridge 1981 (trad. it. di S. Bernini, *Lezioni sull'intuizionismo: Cambridge 1946-51*, Boringhieri, Torino 1983, p. 30).] Nella rivisitazione della dottrina kantiana delle forme dell'intuizione pura, Brouwer abbandona quindi l'apriorità dello spazio, per aderire più nettamente a quella del tempo. A causa dello sviluppo delle geometrie non euclidee, non ha più senso infatti chiedersi quale geometria sarebbe vera per lo spazio della nostra esperienza. Dall'intuizione della duità, che riunisce le parti in quanto le tiene separate dal tempo, sono creati, assieme a tutti i numeri finiti, il continuo e il discreto, cioè il continuo lineare (o intuizione del "fra", ciò che non è esauribile per inserzione di nuove unità). Si confronti per altro la *Critica della ragion pura*, dove si definisce il numero, schema puro della quantità, "una rappresentazione, che raccoglie la successiva addizione di uno a uno (omogenei)". Esso non è che "l'unità della sintesi del molteplice di un'intuizione omogenea in generale, per il fatto che io produco il tempo stesso nell'apprensione dell'intuizione". [I.

validità universale al principio logico del terzo escluso[35]. È innegabile il fascino esercitato da queste critiche su Hilbert: "La sfida più sottile e più appassionata lanciata dall'intuizionismo è quella contro la validità del terzium non datur"[36]. Hilbert tuttavia ritiene il terzium non datur assolutamente non responsabile dei paradossi della teoria degli insiemi. Se inoltre il concetto di infinito in atto è per entrambi di per sé non coglibile dalla mente, costruendo una teoria intuizionista degli insiemi Brouwer non attesta

---

Kant, *Kritik der reinen Vernunft*, Hartknoch, Riga 1781, 2° ed. 1787 (trad. it. di G. Colli, *Critica della ragion pura*, Rizzoli, Milano 1998, p. 222.)]

[35]"In tutta la matematica intuizionista vale la summenzionata non-contraddittorietà, peraltro quasi evidente, del *principio semplice di giudicabilità* o del *principio semplice del terzo escluso*, cioè del principio del terzo escluso enunciato per un'arbitraria singola asserzione, entro un preassegnato dominio di entità matematiche." [(L. E. J. Brouwer, *Brouwer's Cambridge Lectures*, *op. cit.* (trad. it., p. 34).] L'applicazione del principio del terzo escluso è per Brouwer legittima in un sistema matematico finito; non così per un sistema infinito: "dato che non *vi sono* verità matematiche al di fuori del pensiero umano" (*Ivi*, p. 31), e questo può abbracciare, con ogni atto di costruzione matematica, solo una quantità finita di oggetti, il principio completo della giudicabilità è privo di senso, se non contraddittorio.

[36]D. Hilbert, "*Die Grundlagen der Mathematik*", «Abhandlungen aus dem mathematischen Seminar der Hamburgischen Universität», 6 (1928), pp. 65-85 (trad. it. *I fondamenti della matematica*, in D. Hilbert, *Ricerche sui fondamenti della matematica*, *op. cit.*, pp. 267-289, p. 283).

l'intuizionismo come parte della matematica, ma come la sola matematica possibile. Non si verifica quindi un'emendazione strumentale, che operando sulla scala del finito progressivamente si approssimi al limite dell'infinito. Il criterio del costruttivo dà il periplo del pensiero e della giustificabilità di parti della matematica. La non contraddittorietà, lungi dall'essere garanzia di esistenza, è annullata come problema perché l'oggetto matematico esiste solo e esclusivamente in quanto costruito in un modo specifico. La confusione tra atto della costruzione e linguaggio matematico, che caratterizza per Brouwer il logicismo, sta sottesa anche alla ricerca hilbertiana della prova di coerenza[37]. Il formalista invece non aggiudica un

[37]Secondo Brouwer la vecchia scuola formalista, che comprende il primo Hilbert e Russell, è caratterizzata dal metodo logico-linguistico, che priverebbe la logica e la matematica della loro fondamentale differenza di carattere e di ogni autonomia. Il secondo Hilbert, inaugurando la nuova scuola formalista, riconoscerebbe invece un'autonomia alla metamatematica, la quale però confonde la perfezione del linguaggio matematico con la perfezione della matematica stessa. Così la critica inaugurata dal formalismo agisce di fatto sul solo linguaggio, che accompagna l'attività mentale matematica. La contraddizione che Hilbert si propone di eliminare dagli assiomi, con l'aiuto degli operatori logici, non è che una figura linguistica, la cui assenza non garantisce automaticamente della correttezza di una teoria. Al contrario la matematica intuizionista sarebbe un'attività

contenuto specifico, dato dall'intuizione, alle singole teorie, e non rifiuta di principio alcuna parte della matematica, purché se ne provi la coerenza. Quindi il finitismo diventa, in un modo molto classico, un mezzo per riguadagnare l'infinito nella matematica. "Muovendosi sul terreno del finitario, si deve dunque garantire il libero uso e il pieno dominio del transfinito."[38]

---

essenzialmente alinguistica. Il linguaggio è soltanto una tecnica, per memorizzare e comunicare le costruzioni matematiche.

[38]D. Hilbert, "*Die logischen Grundlagen der Mathematik*", «Mathematische Annalen», 88 (1923), pp. 151-177 (trad. it. *I fondamenti logici della matematica*, in D. Hilbert, *Ricerche sui fondamenti della matematica*, *op. cit.* pp. 215-231, p. 220). All'infinito resta, secondo Hilbert, il ruolo di idea, intesa nell'accezione kantiana come "concetto della ragione che oltrepassa ogni esperienza e con cui il concreto viene integrato nel senso della totalita". [D. Hilbert, "*Über das Unendliche*", *art. cit.* (trad. it., p. 266).] Ora infatti in Kant l'idea è definita "un concetto necessario della ragione, cui non può essere dato, nei sensi, alcun oggetto corrispondente" [(I. Kant, *op. cit.* (trad. it., p. 385)]; essa è al tempo stesso un concetto della totalità delle condizioni, per un condizionato dato. La totalità assoluta della sintesi delle apparenze dà luogo ai "concetti del mondo", fondamento di una cosmologia razionale, dove la ragione si invischia in una serie di antinomie, due delle quali, le cosiddette antinomie matematiche, coinvolgono la nozione di infinito (infinitudine del mondo nel tempo e nello spazio, infinita divisibilità delle parti). Hilbert ritiene infine che la propria analisi dell'infinito dissolva queste antinomie kantiane: "per questa via vengono svuotate le antinomie kantiane sullo spazio e sulla possibilità della suddivisione

La coerenza dell'aritmetica, una volta acquisita, consentirà di ricostruire l'edificio matematico, fino a raccogliere la teoria degli insiemi, dove soprattutto l'infinito alberga. La distinzione tra infinito attuale e infinito potenziale permette di individuare, nei metodi finitari, come operare in modo ricorsivo, a ogni passo in una finitezza che si può ampliare indefinitamente. La coloritura fondazionale traspare da tutto ciò, se si rammenta come la coerenza scandisca con l'esistenza la verità di un insieme di enti matematici. Così si comprende l'aspettativa hilbertiana della completezza; essa riverbera dapprima nella convinzione della risolubilità di ogni problema matematico, che si dichiari "necessariamente passibile di una rigorosa sistemazione, o riuscendo a dare la risposta alla questione posta oppure mostrando l'impossibilità di una sua risoluzione e quindi la necessità dell'insuccesso di ogni tentativo"[39]. È questa convinzione quasi un assioma, forse una legge profonda

---

all'infinito". [D. Hilbert, "*Naturerkennen und Logik*", *art. cit.* (trad. it., p. 304)] Si può perciò, con fiducia, proseguire nel lavoro matematico, senza rinunciare ad alcuna sua parte.

[39]D. Hilbert, "*Mathematische Probleme*", «Nachrichten von der Königlichen Gesellschaft der Wissenschaften zu Göttingen», 1900, pp. 253-297 (trad. it. parziale *Problemi matematici*, in D. Hilbert, *Ricerche sui fondamenti della matematica*, *op. cit.*, pp. 145-162, p. 153).

dell'intelletto umano, e un possente stimolo al progredire nella ricerca.

Ciò però non comporta che la teoria della dimostrazione sappia additare un metodo unitario e generale per affrontare qualunque problema; piuttosto che sempre dovrebbe individuarsi, mediante un numero finito di inferenze logiche, una adeguata risoluzione. Esplicitamente però Hilbert pone la questione della completezza solo al congresso internazionale dei matematici, tenutosi a Bologna nel 1928. L'asserzione della completezza per la teoria dei numeri ha veste sintattica: "se agli assiomi della teoria dei numeri viene aggiunta una formula appartenente alla teoria dei numeri ma non dimostrabile, allora dal sistema di assiomi esteso può essere derivata una contraddizione"[40]. Poiché operiamo entro la teoria della dimostrazione, emerge il parallelo problema della completezza semantica per le regole logiche, cioè se da tali regole siano derivabili tutte le formule logicamente valide.

---

[40]D. Hilbert, "*Probleme der Grundlegung der Mathematik*" in «Atti del Congresso internazionale dei matematici, Bologna, 3-10 ottobre 1928», Zanichelli, Bologna, 1929, vol. I, pp. 135-141 (trad. it. *Problemi della fondazione della matematica*, in D. Hilbert, *Ricerche sui fondamenti della matematica*, *op. cit.*, pp. 291-300, p. 298).

CAPITOLO 2

COMPLETEZZA

1. *Un dibattito a tre voci: Gödel, Hilbert, Brouwer*

Il risultato di completezza semantica per il calcolo proposizionale dei *Principia* era stato ottenuto da Paul Bernays nel 1926 (*Axiomatische Untersuchung des Aussagen-Kalkuls der "Principia Mathematica"*). Ma con le parole di David Hilbert e Wilhelm Ackermann: "se il sistema di assiomi sia completo, nel senso che da esso possano essere derivate tutte le formule logiche che sono corrette in ogni dominio di individui è un problema ancora non risolto"[41]. In questo senso intesa, la completezza del calcolo dei predicati del primo ordine è al centro della tesi di dottorato di Kurt Gödel (1929) e del successivo articolo *Die Vollständigkeit der*

---

[41]La citazione, tratta da D. Hilbert, W. Ackermann, *Grundzüge der theoretischen Logik*, Springer, Berlin, 1928, 2° ed. 1938, è riprodotta da B. Dreben e Jean van Heijenoort, nella *Nota introduttiva a 1929, 1930, 1930a* in K. Gödel, *Collected Works,* vol. I*: Publications 1929-1936*, a cura di S. Feferman, J. W. Dawson Jr., S. C. Kleene, G. H. Moore, R. M. Solovay, J. van Heijenoort, Oxford University Press, New York - Oxford, 1986 (trad. it. di E. Ballo, S. Bozzi, G. Lolli, C. Mangione, K. Gödel, *Opere*, vol. I, Bollati Boringhieri, Torino, 1999, pp. 47-62, p. 51).

Axiome des logischen Funktionenkalküls (1930). Ma la definizione di completezza, che ogni formula universalmente valida, esprimibile nel calcolo dei predicati del primo ordine sia dimostrabile in esso, viene reimpostata in modo equivalente: ogni sistema coerente di formule del calcolo dei predicati del primo ordine ha un modello. Questa impostazione del problema rappresenta, come scrive Gödel nella dissertazione del 1929, "un completamento teoretico del metodo usuale di dimostrare la coerenza"[42], vale a dire si deve o esibire un modello o produrre una contraddizione.

L'alternativa esclusiva che così si genera sembrerebbe legittimare l'equiparazione tra coerenza e esistenza da Hilbert indicata. Perciò nell'introduzione alla tesi, Gödel presenta le difficoltà che questa concezione provocherebbe. Gödel inizia con il ricordare come per Brouwer la coerenza di un sistema di assiomi non implichi di necessità la costruibilità di un modello. L'ordine genetico andrebbe per Brouwer semmai invertito; la costruzione sta prima, è ragione della coerenza, poiché con le parole di Arend Heyting: "la matematica intuizionista tratta di costruzioni mentali. Ogni proposizione matematica ha la forma 'una

---

[42]K. Gödel, "*Über die Vollständigkeit des Logikkalküls*", dissertazione di dottorato, Università di Vienna, 1929 (trad. it. di C. Mangione, *Sulla completezza del calcolo della logica*, in K. Gödel, *Opere*, vol. 1, *op. cit.*, pp. 63-82, p. 63).

costruzione A con tali e tali proprietà può venire eseguita"'[43], esistere matematicamente significa essere intuitivamente costruito. In questo contesto il principio logico del terzo escluso non viene accolto. La sua accettazione comporterebbe infatti che, per un qualunque enunciato matematico sia sempre possibile o costruire la sua dimostrazione o costruire la dimostrazione della sua negazione[44]. Il principio del terzo escluso si identifica quindi

---

[43]A. Heyting, voce *Intuizionismo*, in *Enciclopedia del Novecento*, Istituto dell'Enciclopedia Italiana Treccani, Roma, 1984, vol. III, pp. 846-855.

[44]Così Brouwer: "Se ad ogni applicazione linguistica del principio del terzo escluso ad un'argomentazione matematica dovesse corrispondere una costruzione della matematica intuizionista, ciò significherebbe che ogni assunzione della matematica intuizionista (...) può essere *giudicata*, cioè dimostrata o ridotta all'assurdo". [L. E. J. Brouwer, "*Historical Background, Principles and Methods of Intuitionism*", in «South African Journal of Science», vol. 49 (1952), pp. 139-143 (trad. it. *Fondamenti storici, principi e metodi dell'intuizionismo*, in C. Cellucci (a cura di), *La filosofia della matematica, op. cit.*, pp. 223-231, p.227).]

La fiducia nella validità universale del principio del terzo escluso contrasta con l'esistenza delle 'proprietà sfuggenti', caratterizzate, secondo Brouwer, dalle seguenti condizioni: a) per ogni dato n, si può decidere se n possiede o meno la proprietà; b) non si conosce alcun metodo per calcolare un numero n che goda della proprietà; c) non si può respingere l'asserzione che almeno un numero

per Brouwer con l'assioma della risolubilità di ogni problema matematico. Ma la decidibilità, in tal modo pre-assunta all'effettiva costruzione, comporta che l'oggetto matematico raggiunga una qualche autonomia dal pensiero, se la sua legge intrinseca, obiettiva è quella della coerenza. Analogamente Gödel sottolinea che se l'esistenza dei concetti introdotti da un sistema di assiomi può essere definita solo per la via della coerenza del sistema stesso: "si presuppone l'assioma della risolubilità di ogni problema matematico". O, più esattamente, anticipando il risultato del 1931, si presuppone "che non si possa dimostrare la non risolubilità di alcun problema matematico"[45].

Nell'introduzione Gödel considera, a titolo esemplificativo, un sistema di assiomi per i numeri reali.

Se, rispetto a tale sistema, si dimostrasse la indecidibilità di un qualunque problema, data la definizione di esistenza mediante coerenza, seguirebbero due modelli non isomorfi per quel sistema. Così, posta quale proposizione indecidibile A, potremmo assumere quale nuovo assioma tanto A che non A, ottenendo M modello del sistema più A e M* modello del sistema più non A.

---

naturale n abbia la proprietà. Le proprietà sfuggenti sono quindi indecidibili.

[45]K. Gödel, "*Über die Vollständigkeit des Logikkalküls*", *art. cit.*, (trad. it., p.64).

Dove A esisterebbe come vera nel primo caso, e come falsa nel secondo. Ma, Gödel prosegue, è dimostrabile l'isomorfismo di due modelli qualunque per i numeri reali. Come osservano Burton Dreben e Jean van Heijenoort, nel commento agli scritti di Gödel sulla completezza (si veda nota n.42), si sottace qui la distinzione tra logica del primo e del secondo ordine, che modificherebbe i termini della discussione, fondandosi l'argomento dell'isomorfismo di due modelli qualunque per i numeri reali sull'interpretazione standard della logica del secondo ordine. Ma tolto l'esempio specifico, è chiaro che la stessa costruibilità dei modelli non isomorfi incrina l'equiparazione tra esistenza e coerenza. Mentre l'effettiva costruzione di una proposizione aritmetica indecidibile, quale sarà prodotta nella relazione del 1931, la rende insostenibile.

2. *Dimostrazione*

Intanto Gödel prende le distanze anche da Brouwer: "Non possiamo escludere una dimostrazione della non risolubilità di un problema, se si osserva che qui si tratta soltanto della non risolubilità mediante certi metodi di inferenza *formali precisamente* specificati"[46]. La precisazione sui metodi di inferenza si applica proprio al risultato di

[46]*Ibidem.*

completezza: "mentre in quel che segue viene appunto dimostrato che ogni espressione universalmente valida si può dedurre con regole di inferenza del tutto *determinate*, *concretamente enumerate*"[47]. Il chiarimento è doveroso, perché la formulazione del problema della completezza: "si deve poter dimostrare la coerenza tramite un modello, o si deve produrre una contraddizione"[48] sembra in sintonia con il dettame intuizionista all'alternativa dimostrabile-refutabile con un controesempio. Ma "l'esistenza di tale alternativa non viene dimostrata in senso intuizionista"[49]. In particolare accogliere l'interpretazione intuizionista del principio del terzo escluso, porterebbe a intendere il risultato di completezza come attestazione della decidibilità del calcolo dei predicati (la cui indecidibilità sarà stabilita da Alonzo Church in *A note on the Entscheidungsproblem* del 1936).

Ora non c'è motivo di attenersi ai vincoli intuizionisti: l'impiego essenziale del principio del terzo escluso varrà per totalità infinite, dove il concetto di totalità infinita sfugge per primo al costruibile. Di questo dibattito nella stesura del 1930 resta appena una traccia. Quando si opera in modo puramente formale "sorge immediatamente il

---

[47] *Ivi*, p. 65.

[48] *Ivi*, p. 63.

[49] *Ibidem*.

problema se il sistema di assiomi e dei principi di inferenza inizialmente postulati è completo, vale a dire, se esso è effettivamente sufficiente per la derivazione di *ogni* proposizione logico-matematica o se, forse, è concepibile che esistano proposizioni vere (che addirittura possono essere dimostrabili mediante altri principi) che non possono essere derivate nel sistema considerato"[50].

Nel veloce accenno, la non escludibile indecidibilità di un problema si concreta come indecidibilità di una proposizione che si sa vera. Come riferirà Hao Wang, Gödel non credeva che esistessero problemi di teoria dei numeri realmente indecidibili per la mente umana, o la ragione sarebbe irrazionale nel porre a se stessa interrogazioni di cui non sapesse trovare risposta[51]. Che quest'ultima

---

[50]K. Gödel, "*Die Vollständigkeit der Axiome des logischen Funktionenkalküls*", «Monatshefte für Mathematik und Physik», 37 (1930), pp. 349-360 (trad. it. di C. Mangione, *La completezza degli assiomi del calcolo funzionale logico*, in K. Gödel, *Opere*, vol. 1, *op. cit.*, pp. 83-93, p. 83).

[51]H. Wang, *From mathematics to philosophy*, Routledge & Kegan, London, 1974 (trad. it. di A. Giacomelli, *Dalla matematica alla filosofia*, Boringhieri, Torino, 1984). L'opinione di Gödel è pronunciata nel contesto del rapporto tra procedimenti meccanici e mentali, rispetto al quale, nel bilancio di una discussione sull'eventuale superiorità delle menti umane sulle macchine, Gödel conclude con una alternativa aperta: o i procedimenti mentali sorpassano infinitamente il potere di

affermazione non possa venire accolta, lo attesterebbero per prime quelle parti di matematica a fondo sviluppate; qui leggi, procedimenti e strategie di risoluzione manifestano un'elevata bellezza, e con la perfetta eleganza della loro efficacia sembrano giustificare la fiducia di Hilbert nel potere del puro pensiero di fronte alle questioni ancora insolute. Ma il nodo è quello della formalizzazione. L'incompletezza intrinseca a tutti i sistemi formali per la matematica segnerebbe un'insufficienza degli assunti finitari; sembrerebbe quindi necessario, stando a quanto emergerà dalla più celebre memoria del 1931, l'uso di assunti che sostanzialmente trascendano l'aritmetica.

Ma per il calcolo dei predicati del primo ordine si può provare il seguente risultato di completezza semantica: ogni formula universalmente valida del calcolo funzionale ristretto è dimostrabile (teorema I dello scritto del 1930). Gödel lo esplicita nella forma equivalente: ogni formula del calcolo funzionale ristretto o è refutabile o è soddisfacibile (e

---

ogni macchina finita, o esistono problemi matematici del tutto indecidibili per la mente umana. Gödel respinge quindi questo secondo ramo dell'alternativa, e ciò appare in singolare sintonia con le dichiarazioni di Hilbert: "il nostro intelletto è capace di dare una risposta a tutte le questioni da esso stesso poste" ["*Mathematische Probleme*", *art. cit.* (trad. it., p. 155)]. Tuttavia l'affermazione di Hilbert resta agganciata all'assioma della risolubilità di ogni problema matematico nel quadro del programma formalista strictu sensu inteso.

precisamente nel dominio numerabile di individui) (teorema II, dove "A è refutabile" significa " ~ A è dimostrabile"). In questo modo si può includere, come caso particolare, il teorema di Löwenheim-Skolem.

Nel 1915 Leopold Löwenheim (*Über Möglichkeiten im Relativkalkül*) aveva provato che se una formula chiusa del primo ordine è soddisfacibile, è soddisfacibile in un dominio infinito numerabile. Perfezionando il metodo già introdotto da Löwenheim, nel 1920 Thoralf Skolem mostrava come associare, in modo effettivo, a ogni formula quantificazionale Q una formula Q* in forma normale prenessa, tale che Q è soddisfacibile se e solo se Q* lo è (Q* si dice in forma prenessa se è del tipo ΠΣM, con Π stringa di r ($r \geq 1$) quantificatori universali, Σ stringa di s ($s \geq 0$) quantificatori esistenziali, M matrice priva di quantificatori; Q* si dice inoltre in forma normale prenessa se, per Π e/o Σ, con r e/o $s > 0$, le $x_1,...,x_n$ variabili quantificate risultano tra di loro distinte e tutte occorrono nella matrice; con r e/o $s = 0$, nella matrice non occorrono variabili).

Calcando sulla nozione insiemistica di soddisfacibilità, Skolem dà una generalizzazione del teorema di Löwenheim: se un insieme numerabile di formule quantificazionali è soddisfacibile, è soddisfacibile in un dominio infinito numerabile.

Ma l'alternativa di Skolem si configura tra soddisfacibile o non soddisfacibile; non ancora tra soddisfacibile o refutabile. Nemmeno Jacques Herbrand (*Recherches sur la théorie de la démonstration* 1930), introducendo con la versione finitista del teorema di Skolem lo sviluppo congiuntivo di una formula, compie il passo che lo porterebbe alla completezza. Da un lato egli si astiene dal trarre la conclusione di Skolem, in favore della soddisfacibilità in un dominio numerabile, in quanto ciò coinvolgerebbe una nozione non finitistica. D'altro lato fa il suo ingresso la refutabilità: se la formula in questione non è dimostrabile (soddisfacibile), è espressamente refutabile.

Anche Gödel lavora con procedura affine a quella di Skolem. Ma, definita (P)A una formula del tipo ΠΣM e $(P_n)A_n$ come chiusura esistenziale di A_n, aggiunge il nesso: per ogni n è dimostrabile $(P)A \rightarrow (P_n)A_n$. Quindi se per qualche *n* A_n non è soddisfacibile, allora (P)A è refutabile.

L'esito raggiunto si estende alla logica dei predicati con identità (teorema VIII) e a insiemi numerabili di formule del primo ordine: ogni insieme infinito numerabile di formule del calcolo funzionale ristretto o è soddisfacibile (cioè tutte le formule del sistema sono contemporaneamente soddisfacibili) oppure esso possiede un sottoinsieme finito il cui prodotto logico è refutabile (teorema IX).

3. *Conseguenze*

La completezza comporta l'equivalenza tra validità e dimostrabilità per la logica del primo ordine. Questo sembrerebbe convalidare che la correttezza di una teoria sia rimpiazzabile dalla condizione di coerenza formale, sostenendosi quindi la tesi hilbertiana della non contraddittorietà quale prova di esistenza. Sarebbe perciò perseguibile l'eliminazione delle nozioni infinitarie. Poiché "'universalmente valido' si riferisce alla totalità più che numerabile delle funzioni, mentre 'dimostrabile' presuppone soltanto la totalità numerabile delle figure di dimostrazione" la completezza comporta "per il problema della decisione, una riduzione del più che numerabile al numerabile"[52].

Tuttavia la sostituibilità piena del requisito di correttezza con quello puramente formale del dimostrabile smentirebbe quanto dichiarato nello scritto del 1929, che non si possa presupporre l'assioma della risolubilità di ogni problema matematico. Ogni teorema coerente attesterebbe della veridicità dell'esistenza di ciò che definisce, e in sé conterrebbe assicurazione della propria categoricità. Anche tralasciando queste considerazioni, già dal teorema di Löwenheim-Skolem discende la non categoricità delle teorie del primo ordine con modelli infiniti. Rispetto alla teoria

---

[52]K. Gödel, "*Die Vollständigkeit der Axiome des logischen Funktionenkalküls*", *art. cit.* (trad. it., p. 90).

degli insiemi, nasce il paradosso di Skolem (1922). Si può provare, nel sistema di assiomi Zermelo-Fraenkel (ZF), l'esistenza di un insieme più che numerabile, cioè non equipotente all'insieme dei numeri naturali.

Ma se ZF, formulata nell'ambito del calcolo dei predicati del primo ordine, è coerente, per il teorema di Löwenheim-Skolem gli assiomi devono risultare tutti veri rispetto a un universo di insiemi numerabile[53].

Skolem ne concluse l'impossibilità di caratterizzare al primo ordine per via assiomatica strutture insiemistiche. Quindi o si sale a linguaggi di ordine superiore al primo, o proprietà insiemistiche, quale quella della cardinalità, restano

---

[53]Il paradosso è enunciato da Thoralf Skolem in "*Einige Bemerkungen zur axiomatischen Begründung der Mengenlehre*", «Wissenschaftliche Vorträge gehalten auf dem Fünften Kongress der Skandinavischen Mathematiker in Helsingfors vom 4. bis 7. Juli 1922», Helsingfors 1923, pp. 217-232 (trad. it. *Osservazioni sulla fondazione assiomatica della teoria degli insiemi*, in C. Cellucci (a cura di), *Il paradiso di Cantor*, *op. cit.*, pp. 159-174). Dagli assiomi di ZF, si desume l'esistenza di un insieme infinito x e del suo insieme potenza y, che cioè contiene come elementi tutti i sottoinsiemi di x. Per il teorema di Cantor, y ha cardinalità maggiore di x; quindi y non è numerabile. Ma l'applicazione a ZF della versione generalizzata del teorema di Löwenheim comporta che ZF abbia un modello numerabile, che contiene tanto x quanto y come suoi elementi.

inassolute[54], così che un insieme appaia ora numerabile in un modello, ora non numerabile in un altro. Affini considerazioni si traggono dal teorema di compattezza, che nello scritto del 1930 Gödel immette a seguito di IX: affinché un insieme numerabile di formule sia soddisfacibile è necessario e sufficiente che ogni sottoinsieme finito sia soddisfacibile (teorema X). L'applicazione del risultato di compattezza al più che numerabile, a opera di Anatolii

[54]"L'assiomatizzazione della teoria degli insiemi conduce alla relatività della nozione di insieme, e tale relatività è inseparabilmente legata ad ogni assiomatizzazione totale." Se "gli insiemi non sono altro che oggetti connessi tra loro mediante certe relazioni espresse dagli assiomi", non è più contraddittorio che "un insieme M del dominio B sia non numerabile nel senso dell'assiomatizzazione; ciò significa semplicemente che *in B* non esiste un'applicazione biunivoca di Φ M su Z_0 (la successione numerica di Zermelo). Esiste tuttavia la possibilità di enumerare tutti gli oggetti di B, e quindi anche gli elementi di M, mediante gli interi positivi". Cioè y (qui M) è, in quanto elemento del modello (B), numerabile, mentre la corrispondenza biunivoca tra x e y non è, a sua volta, membro del modello. [T. Skolem, *art. cit.* (trad. it., p. 166).] Dunque non avrebbe senso parlare di diversi gradi di infinità in modo assoluto: potremmo ottenere un insieme assolutamente non numerabile, solo se disponessimo di un numero infinito, assolutamente non numerabile, di assiomi, o di un unico assioma atto a fornirci un numero infinito assolutamente non numerabile di enunciati numerici. Questo però renderebbe circolare il processo di introduzione delle infinità superiori.

Ivanovich Maltsev (1936), garantisce alla base l'esistenza di modelli non standard. Ma con Leon Henkin (1949) si osserva che per l'aritmetica essa deriva già dal teorema X di Gödel. Sia infatti D un insieme di assiomi per i numeri naturali, e *i* una costante che non occorra in D, diversa da ogni numerale di *n*, con *n* numero naturale. Dato il nuovo insieme D + *i*, ogni suo sottoinsieme finito è soddisfacibile, se si interpreti *i* su un qualunque numero naturale che non compaia nel sottoinsieme considerato. Per la compattezza tutto l'insieme avrà un modello. Poiché tale modello contiene almeno un elemento, *i*, che non coincide con alcun numero naturale, esso è non standard[55].

[55]Il primo modello non standard per l'aritmetica fu costruito da Skolem nel 1933, senza ricorrere al teorema di compattezza. Per N insieme dei numeri naturali e **R** struttura data da (N,+,·,<), esiste una struttura **R*** non isomorfa a **R**, con gli stessi enunciati veri (del primo ordine) di **R**. Né Skolem né Gödel si avvidero della diretta discendenza di questo risultato dalla compattezza. In "*Besprechung von Thoralf Skolem, 'Uber die Unmöglichkeit einer vollständigen Charakterisierung der Zahlenreihe mittels eines endlichen Axiomensystems'", 1934* (trad. it. di G. Lolli, *Recensione di Skolem 1933a*, in K. Gödel, *Opere, vol. I, op. cit.*, p. 283) Gödel sottolinea piuttosto il nesso tra le proprie ricerche del 1931 e l'esistenza di un modello non standard **R*** per l'aritmetica, in cui sia falso qualche enunciato vero in **R.**

CAPITOLO 3

INCOMPLETEZZA

1. *Prodromi*

L'introduzione allo scritto del 1929 suggeriva le difficoltà connesse all'equiparazione di coerenza e esistenza, legate in primo luogo all'esclusione di una possibile dimostrazione della non risolubilità di un problema matematico rispetto a un sistema formale.

Nella relazione al convegno tenutosi a Königsberg nel 1930, il primo annuncio pubblico del risultato di incomplezza, per quanto informale, è introdotto da un'analoga considerazione: i formalisti considerano la richiesta di coerenza equivalente a quella di correttezza.

Così quando al sistema S delle proposizioni dotate di senso della matematica aggiungiamo il sistema T degli asserti transfiniti, nell'ottica formalista si intende che, dimostrando un teorema di S attraverso teoremi di T, esso sarà anche contenutisticamente corretto.

L'aggiunta di assiomi transfiniti non rende dunque dimostrabili teoremi contenutisticamente falsi.

È questa la già citata conservatività, richiesta da Hilbert per l'introduzione di elementi ideali in un dominio di proposizioni reali.

Ma che la coerenza di una proposizione attesti automaticamente la sua correttezza esige, come osserva Brouwer, che si presupponga la correttezza contenutistica proprio di questa convinzione; il che costituisce un circolo vizioso. La correttezza non coincide con la coerenza. "Se infatti una proposizione sensata *p* è dimostrabile in un sistema formale coerente A (per esempio quello della matematica classica) utilizzando gli assiomi transfiniti, dalla coerenza di A segue solo che *non-p* non è formalmente dimostrabile *entro* il sistema."[56] Si potrebbe però concludere non-p grazie a considerazioni di tipo contenutistico non formalmente rappresentabili nel sistema: "e ciò risulterebbe possibile, ed è proprio questo che vorrei sottolineare, anche se si fosse dimostrata la coerenza del sistema formale della matematica classica"[57]. Non è ozioso insistere su questo

---

[56]K. Gödel, "*Diskussion zur Grundlegung der Mathematik*", (Trascrizione dell'intervento di Gödel al Congresso di Königsberg, 5-7 sett. 1930), pubblicata, con l'aggiunta di un post-scriptum, su «Erkenntnis», 2 (1931), pp. 147-151 (trad. it. di E. Ballo, *Discussione sulla fondazione della matematica* in K. Gödel, *Opere*, vol. 1, *op. cit.*, pp. 143-145, p. 143).

[57]*Ibidem*.

passaggio. Esso è strumentale all'anticipazione del risultato di indecidibilità. Infatti, se si trovino esempi di proposizioni che, per quanto contenutisticamente vere, risultino indimostrabili nel sistema formale della matematica classica, aggiungendo la loro negazione agli assiomi "si ottiene un sistema coerente in cui risulta dimostrabile una proposizione contenutisticamente falsa"[58].

In conclusione: nulla ci garantisce la piena rappresentabilità delle considerazioni contenutistiche in un sistema formale. Motivo ne è la non riducibilità del concetto di verità matematica a quello di dimostrabilità formale.

Rispetto al programma hilbertiano significa che il ragionamento formalista non sostituisce le considerazioni di ordine infinitario. Piuttosto, scrive Gödel: "il principio euristico della mia costruzione nei sistemi matematici delle proposizioni indecidibili di teoria dei numeri è il concetto transfinito per eccellenza di verità matematica obiettiva, in opposizione a quello di dimostrabilità"[59].

Ma il riferimento esplicito a un concetto di verità obiettiva non compare in *Über formal unentscheidbare Sätze der 'Principia Mathematica' und verwandter Systeme I"* (1931). Forse

---

[58]*Ivi*, p. 144.

[59]Kurt Gödel a Hao Wang, lettera del 7.12.67, in H. Wang, *op. cit.* (trad. it., p. 19).

Gödel temeva, come sostiene Solomon Feferman, che l'accettazione dei suoi risultati ne sarebbe stata compromessa[60]. Nella temperie filosofica dominata da Hilbert, egli volle rendere inoppugnabile il suo lavoro, anche per chi avesse rifiutato il ricorso a metodi non finitari. L'inizio del testo del 1931 reca infatti l'accento sulla formalizzazione: "lo sviluppo della matematica verso una sempre maggiore esattezza ha condotto, come è ben noto, alla formalizzazione di ampie sue parti, di modo che si possa dimostrare basandosi solo su poche regole meccaniche"[61].

---

[60]"Nonostante le sue convinzioni profonde sulla oggettività del concetto di verità matematica, Gödel temeva che un lavoro che partisse da questo concetto sarebbe stato rifiutato dalla comunità degli studiosi dei fondamenti, dominata com'era dalle idee di Hilbert." [S. Feferman, "*Kurt Gödel: Conviction and Caution*", in S. G. Shanker, (a cura di), *Gödel's Theorem in focus,* Croom Helm, London, 1988 (trad. it. di P. Pagli, *Kurt Gödel: fede e cautela*, in S. G. Shanker (a cura di), *Il teorema di Gödel. Una messa a fuoco,* Muzzio, Padova, 1991, pp. 119-141, p. 133).] Nel testo del '31 Gödel utilizza infatti l'aggettivo 'richtig'('corretto') e non 'wahr' ('vero').

[61]K. Gödel, "*Über formal unentscheidbare Sätze der 'Principia Mathematica' und verwandter Systeme I*", «Monatshefte für Mathematik und Physik», 38 (1931), pp. 173-198 (trad. it. di E. Ballo, *Proposizioni formalmente indecidibili dei 'Principia Mathematica' e di sistemi affini I*, in K. Gödel, *Opere,* vol. I, *op. cit.*, pp. 111-138, p. 113). E' interessante ricordare che Gödel arrivò ai risultati di incompletezza, mentre cercava una dimostrazione di coerenza dell'Analisi con metodi finitari.

Dove la parola meccanico si riferisce proprio alla possibilità di prescindere dal significato della teoria formalizzata.

2. *Aritmetizzazione*

Il sistema formale P, in cui Gödel produce la dimostrazione, è una variante di quello offerto nei *Principia Mathematica*[62]. Tale scelta risponde a una ragione di capienza espressiva, che consente di formalizzare nel sistema tutti i metodi di dimostrazione in vigore. Sembra ovvia quindi l'aspettativa della decidibilità di ogni quesito matematico esprimibile in P; eppure: "esistono problemi relativamente

---

Pensando allora di ridurre la coerenza dell'Analisi a quella della teoria dei numeri, si imbatté nel problema di provare, oltre alla coerenza, anche la verità di tale teoria. Da qui, passando all'esame dei paradossi di Richard e del Mentitore, egli si accorse che si poteva costruire un analogo formale di quest'ultima antinomia, con specifiche proprietà autoreferenziali, grazie a una diagonalizzazione interna all'aritmetica. Quindi se la verità della teoria dei numeri fosse definibile nell'aritmetica stessa, potremmo riprodurre in essa una versione rigorosa del Mentitore: l'aritmetica sarebbe allora contraddittoria.

[62]P è ottenuto dal sistema dei *Principia* omettendo la ramificazione dei tipi, aggiungendo gli assiomi di Peano, e considerando come individui i numeri naturali e come primitiva l'operazione di passaggio al successore (n+1).

semplici della teoria degli usuali numeri interi che non possono venire decisi sulla base degli assiomi"[63].

Ricordando come Hilbert avesse sollevato la questione della completezza sintattica per l'aritmetica, essenziale per la portata del discorso è proprio che le proposizioni indecidibili siano aritmetiche.

La lezione hilbertiana traspare poco dopo, quando Gödel introduce all'idea di fondo della aritmetizzazione. Come oggetti di studio metamatematico, le formule e le dimostrazioni di un sistema formale sono successioni finite di segni primitivi/formule. Essendo indifferente quali oggetti si scelgano come segni primitivi, possiamo rappresentare tali segni con i numeri naturali. Vale a dire, tracciamo una corrispondenza biunivoca dagli oggetti del sistema formale ai numeri naturali, in modo tale da associare a oggetti distinti numeri diversi. "Una formula sarà allora una successione finita di numeri naturali e una figura di dimostrazione sarà una successione finita di successioni finite di numeri naturali"[64].

---

[63]K. Gödel, "*Über formal unentscheidbare Sätze der 'Principia Mathematica' und verwandter Systeme I*", *art. cit.* (trad. it., p. 113).

[64]*Ivi*, p. 114. Gödel associa a ogni segno primitivo di P un numero naturale nel modo seguente:

0 f ~ ∨ Π ( )

Dunque in virtù della numerazione di Gödel, mentre la metamatematica 'parla' degli oggetti del sistema formale, le sue proposizioni vertono, rispetto all'interpretazione, sui numeri naturali. In tal modo esse sono esprimibili con i segni di PM stesso: la metateoria cala nella teoria. Ma PM è stato aritmetizzato. Si crea: "un'immagine isomorfa del sistema PM nel dominio dell'aritmetica e tutte le argomentazioni metamatematiche possono essere sviluppate altrettanto bene in questa immagine"[65].

Il passo è cruciale: da questo momento in poi si lavorerà con i numeri naturali, per parlare della teoria elementare dei numeri; si opererà con gli strumenti della teoria, per ottenere conclusioni, che incidano sulla metateoria. E si sfrutterà per un fine non finitista l'intuizione hilbertiana che una prova assoluta di coerenza per l'aritmetica comporti un'internalizzazione della prova, in quanto PM funge, al tempo stesso, da metateoria e suo oggetto. "In particolare si può mostrare che i concetti di

---

1 3 5 7 9 11 13

con *f* iniziale di folgen, successore. Quindi a ogni successione finita di numeri naturali $n_1, n_2, ..., n_k$, fa corrispondere il singolo numero $2^{n_1} \times 3^{n_2} \times ... \times p_k^{n_k}$, con p_k che denota il k-esimo numero primo.

[65]*Ibidem*.

'formula', 'figura di dimostrazione' e 'formula dimostrabile' possono essere definiti all'interno del sistema PM."[66].

Per esemplificare quello che con definibile si intende, Gödel va direttamente al concetto in gioco nella proposizione indecidibile, quello di 'formula dimostrabile'. "È possibile, per esempio, trovare una formula *F(v)* di PM con una variabile libera *v* (il cui tipo è quello di una successione numerica) tale che *F(v)*, interpretata contenutisticamente, dica: *v* è una formula dimostrabile."[67] Come si preciserà più avanti (teorema V), la definibilità è esprimibilità per numerali di una relazione (concetto) numerica ricorsiva in PM.

Una relazione numerica $R(x_1,...,x_n)$ è esprimibile nel nostro sistema se e solo se esiste una formula $\mathrm{R}(\mathrm{x}_1,...,\mathrm{x}_n)$ con $\mathrm{x}_1,...,\mathrm{x}_n$ variabili libere, tale che per ogni *n*-upla numerica $(\mathrm{x}_1,..., \mathrm{x}_n)$:

se $R(x_1,...,x_n)$ è vera, allora è dimostrabile nel sistema $\mathrm{R}(\mathbf{x}_1,...,\mathbf{x}_n)$;

se $R(x_1,...,x_n)$ è falsa, allora è dimostrabile nel sistema $\sim\mathrm{R}(\mathbf{x}_1,...,\mathbf{x}_n)$ con $\mathbf{x}_1,...,\mathbf{x}_n$ numerali.

Ma questo corrisponde alla decidibilità di una relazione rispetto al sistema formale. "Diremo che una

[66] *Ibidem.*

[67] *Ibidem.*

relazione fra (o una classe di) numeri naturali $R(x_1,...,x_n)$ è *decidibile* se esiste un SEGNO DI RELAZIONE a *n* posti" che la esprime[68]. In particolare ogni relazione ricorsiva è decidibile (teorema V). Con una digressione, precisiamo che una relazione numerica $R(x_1,...,x_n)$ è detta ricorsiva (primitiva) se esiste una funzione caratteristica $\phi(x_1,...,x_n)$ tale che, per ogni $x_1, x_2,....,x_n$,

$$R(x_1,...,x_n) \text{ se e solo se } \phi(x_1,...,x_n) = 0.$$

Tale funzione è, a sua volta, ricorsiva, vale a dire essa è l'ultimo termine di una successione finita di funzioni numeriche $\phi_1,\phi_2,...,\phi_n$ in cui ogni funzione della successione è o la funzione successore, o una funzione costante o una funzione identità oppure è composta mediante funzioni precedenti o è ricorsiva rispetto a funzioni precedenti della successione. Dell'elenco dei 46 concetti (funzioni/relazioni) che Gödel fornisce a questo punto, solo il concetto di formula dimostrabile (punto 46) non è ricorsivo[69].

---

[68] *Ibidem.* Decidibile traduce entscheidungsdefinit.

[69] L'elenco comprende tra gli altri i concetti di "assioma", "formula", "sostituzione", "conseguenza immediata". Il concetto espresso al punto 45 con yBx (y è il numero di Gödel di una dimostrazione della formula che ha gödeliano x), rientra nella definizione di quanto indicato al punto 46, cioè: Bew(x)≡(∃y)yBx (la formula che ha numero di Gödel x è dimostrabile se e solo se esiste una sua dimostrazione di godeliano y), dove Bew sta per beweisbar.

3. *La proposizione indecidibile*

Lavorando nell'immagine isomorfa di PM, chiamiamo con Gödel segno di classe ciò che rappresenta una formula con esattamente una variabile libera. Ovvero: un segno di classe è la formula aritmetizzata in cui, in vece della successione finita di simboli originari, sta una successione finita di interi. "Assumiamo che i segni di classe siano stati ordinati in qualche modo in una successione e indichiamo l' *n*-esimo di essi con *R(n)*"[70]. La relazione *R*, che si suppone di ordine crescente, affida quindi a ogni segno di classe il posto in base al suo gödeliano. Se α è l'*n*-esimo segno di classe, lo si può indicare anche con *R(n)*.

"Con $[\alpha; n]$ indichiamo la formula che si ottiene dal segno di classe α sostituendo ovunque la variabile libera con il segno che denota il numero naturale *n*. Anche la relazione ternaria $x = [y;z\,]$ risulta essere definibile in PM."[71] Poiché siamo nell'immagine isomorfa, la relazione ternaria, che sostanzialmente descrive l'esito dell'operazione di sostituzione, di cui Gödel si avvarrà per costruire la sua proposizione indecidibile, dà di fatto il gödeliano di $[\alpha\,; n]$.

---

[70]K. Gödel, "*Über formal unentscheidbare Sätze der 'Principia Mathematica' und verwandter Systeme I*", *art. cit.* (trad. it., p. 115).

[71]*Ibidem.*

"Definiamo ora una classe *k* di numeri naturali nel modo seguente:

$n \in k \equiv \overline{\text{Bew}}\,[R(n); n]$

(dove *Bew x* significa: *x* è una formula dimostrabile)."[72]

K è dunque una classe di numeri di Gödel tali che, sostituendone il numerale a tutte le occorrenze della variabile libera dell'*n*-esima formula, si ottenga una proposizione non dimostrabile. La definizione di *k* comporta quindi una relazione di non dimostrabilità, per la quale nessun numero naturale sia il numero di Gödel di una dimostrazione in P di [*R(n); n*]. Dato che i concetti di sostituzione e quello di dimostrazione sono ricorsivi, esisterà un segno di classe S, che con [S ; *n*] esprima quanto individuato da *k*. Per S = *R*(*q*) rispetto all'ordinamento dei segni di classe, [S; *n*] = [*R(q); q*]. "Mostriamo allora che la proposizione [*R(q); q*] è indecidibile".[73]

---

[72]*Ibidem.*

[73]*Ibidem.* Gödel si premura di osservare che "[R(*q*); *q*]" non è la proposizione indecidibile, ma la sua descrizione metamatematica.

La formula effettiva, costruita nell'immagine isomorfa di PM, sarà 17 Gen *r*, ottenuta dalla relazione Q(x,y) ≡ $\overline{x\ B_k[Sb(y^{19}_{z(y)})]}$: "x non è il numero di Gödel di una dimostrazione della formula indicata

Gödel procede in prima battuta per via strutturale: tanto la dimostrabilità di [*R(q); q*] che quella della negazione di [*R(q); q*] provocano contraddizione. In seconda battuta si palesa che [*R(q); q*], per come è stata costruita, afferma la propria indimostrabilità: quindi è vera. Assumiamo, per incominciare, che sia dimostrabile [*R(q); q*]: "allora risulterebbe anche vera; quindi, sulla base delle definizioni date sopra, *q* dovrebbe appartenere a *k*"[74]. Data cioè la correttezza della condizione definitoria per *k*, per $n = q$, q ∈ *k*. Ma allora: $\overline{\text{Bew}}$[*R(q); q*]. Se invece fosse dimostrabile la negazione di [*R(q); q*], per *n* = q allora *q* non appartiene a *k*; perciò: Bew[*R(q); q*].

4. *La condizione di ω-coerenza*

"Il metodo di dimostrazione rappresentato può ovviamente essere applicato a ogni sistema formale che, in primo luogo, qualora venga interpretato contenutisticamente disponga di sufficienti mezzi espressivi per definire i concetti

---

con $[Sb(y^{19}_{z(y)})]$". Quest'ultima espressione viene a designare, nell'ambito del calcolo aritmetico formalizzato: "il numero di Gödel della formula generata dalla formula che ha numero di Gödel y, sostituendo nella variabile libera con numero 19, il numerale di y".

[74]*Ibidem.*

che compaiono nel precedente ragionamento (in particolare, il concetto di 'formula dimostrabile') e in cui, in secondo luogo, ogni formula dimostrabile risulti contenutisticamente vera"[75]. Nel prosieguo del testo, le proprietà di minima del sistema formale si precisano: 1) per quanto concerne la ricchezza espressiva, nella definibilità ricorsiva degli assiomi e delle relazioni numeriche. Dall'asserto che ogni relazione ricorsiva (primitiva) sia aritmetica (teorema VII)[76], si arguisce la natura, ugualmente aritmetica, della proposizione indecidibile (teorema VIII); 2) la correttezza contenutistica è rimpiazzata dalla ipotesi della omega-coerenza. Per tale condizione, di nessuna formula A(*x*) con *x* variabile libera, saranno dimostrabili tanto ciascuna delle infinite formule A(**x**) con *x* numero naturale, che ∃(x)~ A(*x*).

Mentre la condizione di coerenza semplice basta a concludere la non deducibilità di [*R(q); q*], assumere come dimostrabile la negazione di [*R(q); q*] collude con la ω-coerenza. Poiché infatti la ω-coerenza implica la coerenza semplice, e per quest'ultima la correttezza della definizione

[75]*Ivi*, p. 116.

[76]Si dice aritmetica quella relazione che può essere definita mediante le operazioni di addizione e moltiplicazione tra i numeri naturali e le costanti logiche di disgiunzione inclusiva, negazione, quantificazione universale e identità, con quantificazione e identità applicate soltanto ai numeri naturali.

per k richiede che, per qualunque $n \in k$, la formula risultante dalla sostituzione di **n** non sia dimostrabile, per $n = q$ la negazione di $[R(q); q]$ segnerebbe al tempo stesso un caso in cui ciò si nega.

Nel 1936 Barkley J. Rosser (*Extensions of some theorems of Gödel and Church)* fornisce una versione del primo teorema di incompletezza, che non necessita della ω-coerenza. A tal fine, egli prospetta una proposizione indecidibile ♦, significante che, per ogni numero di Gödel x di una dimostrazione in P di ♦, esiste un numero di Gödel $z \leq x$ di una dimostrazione in P di ~♦.

Per Gödel invece: se ci limitiamo alla semplice coerenza, pur non seguendo l'esistenza di una proposizione indecidibile, si ottiene, in base alla non dimostrabilità di $[R(q); q]$, una proprietà, quella individuata dal concetto k, per la quale né si può fornire un controesempio, né si può provare la sua chiusura universale. Il sistema è allora ω-incompleto.

Se aggiungiamo al nostro sistema come nuovo assioma la negazione di $[R(q); q]$, realizziamo un'estensione P* coerente ma non ω-coerente. Coerente: infatti se l'introduzione del nuovo assioma portasse a contraddizione, sarebbe dimostrabile la negazione della negazione di $[R(q); q]$, quindi $[R(q); q]$. Ω-incoerente: resterebbero d'altra parte valevoli tutti i casi della relazione di non dimostrabilità. Ma questo statuisce proprio quanto preannunciato alla conferenza di Königsberg, che l'esibizione di coerenza semplice non garantisca per la correttezza: nel sistema coerente risulta dimostrabile una proposizione falsa.

5. *La struttura dell'antinomia*

5.a. *Diagonalizzazione*

Un ragionamento metamatematico permette di decidere la proposizione indecidibile. "Dall'osservazione che [R*(q)*;*q*] dice di se stessa di non essere dimostrabile segue anche che [R*(q)*;*q*] è vera, dal momento che [R*(q)*;*q*] in effetti *non* è dimostrabile (essendo indecidibile)."[77]

[R*(q)*;*q*] è, in virtù del procedimento di sostituzione diagonale, autoreferenziale. In effetti, ricordando come [R*(q)*; *q*] sia il medesimo di [*S* ; *q*], con S segno di classe, di gödeliano *q*, per la delimitazione di *k*, se [*S*; *n*], afferma: "*n* ∈ *k*", per [*S*; *q*] allora: "*q* ∈ *k*". [R*(q)*; *q*] si interpreta così contenutisticamente in: "la proposizione che risulta sostituendo nella *q*-esima formula **q** non è dimostrabile". Tale proposizione è appunto [R*(q)*; *q*].

---

[77]K. Gödel, "*Über formal unentscheidbare Sätze der 'Principia Mathematica' und verwandter Systeme I", art. cit.* (trad. it., p.116).

"A dispetto delle apparenze, una tale proposizione non contiene circoli viziosi, poiché inizialmente essa afferma [soltanto] che una certa formula ben definita (cioè quella ottenuta dalla *q*-esima formula, secondo l'ordine lessicografico, mediante una certa sostituzione) non è dimostrabile. Solo successivamente (e in un certo senso per caso) viene fuori che questa formula è precisamente quella mediante la quale era stata espressa la proposizione stessa."[78]

La diagonalizzazione fu ideata da Cantor (*Über eine elementare Frage der Mannigfaltigkeitslehre*, 1890-91) per dimostrare che l'insieme dei numeri reali ha potenza superiore a quella dei numeri naturali. Infatti, supponiamo che l'insieme dei numeri reali compreso tra 0 e 1 sia numerabile, e tracciamo una corrispondenza biunivoca con gli interi:

1 ↔ 0,157403...

2 ↔ 0,193217...

3 ↔ 0,317622...

4 ↔ 0,893910...

...

Consideriamo il nuovo numero reale, costruito in modo che lo sviluppo decimale differisca dalle cifre sulla

[78] *Ibidem.*

diagonale in ogni punto corrispondente. Tale numero non compare nell'elenco, ma è diverso da ognuno dei numeri incolonnati per almeno una cifra decimale. Abbiamo quindi trovato un numero che non è in corrispondenza con un intero. In modo affine per Gödel, dopo avere correlato ogni formula al numero di Gödel della sua dimostrazione, costruiamo l'enunciato, tale per cui, per ogni *n*, *n* non è il numero di Gödel della sua dimostrazione/refutazione.

L'autoreferenzialità per diagonalizzazione è stata spesso sfruttata per effetti antinomici. In questo senso, Gödel afferma: "Qualunque antinomia epistemologica potrebbe venire utilizzata per un'analoga dimostrazione di esistenza di proposizioni indecidibili"[79]. Ma qui il procedimento diagonale serve piuttosto, secondo il ragionamento metamatematico, allo scioglimento dei paradossi.

5.b. *L'antinomia di Richard*

"Salta immediatamente agli occhi l'analogia fra questo ragionamento e l'antinomia di Richard; esso è anche strettamente collegato al 'Mentitore'."[80] Consideriamo in primo luogo l'antinomia di Richard. Si prenda una lingua, ad

[79] *Ivi*, p. 115, nota 14.

[80] *Ibidem.*

esempio l'italiano, in cui siano definibili le proprietà dei numeri naturali. Generiamo tutte le definizioni e procediamo a ordinarle in base al criterio che una definizione preceda l'altra se contiene meno lettere alfabetiche. A parità di numero di lettere, si privilegia l'ordine alfabetico interno. In questa successione si associ ora a ogni definizione il numero intero che ne individua il posto nella serie.

È chiara fin qui la somiglianza con il procedimento di Gödel: si ordinino i segni di classe "per esempio, in ordine crescente di somma della successione finita di interi che costituisce il 'segno di classe' e lessicograficamente a parità di somma"[81]. Ogni elemento della successione viene quindi associato al proprio numero di Gödel.

Tornando alla successione di Richard, si aprono due eventualità: o un numero possiede la proprietà della corrispettiva definizione, o non la possiede. Chiamiamo richardiano un numero che non gode della proprietà espressa dalla definizione cui è associato. Anche questa è una definizione rispetto a una proprietà di numeri naturali;

---

[81]*Ibidem*. Per un confronto dettagliato tra la costruzione dell'enunciato di Gödel e l'antinomia di Richard, si può leggere E. Agazzi, *Introduzione ai problemi dell'assiomatica*, Vita e Pensiero, Milano, 1961, che in appendice offre la prima traduzione italiana dell'articolo del 1931, preceduto da una chiara *legenda* sulla notazione usata da Gödel.

quindi appartiene alla serie già costituita. Sia k il numero che ne individua il rango nella serie. K è richardiano?

Ma k è richardiano se e solo se non possiede la proprietà indicata dalla definizione, con la quale è correlato; cioè se non è richardiano.

Il paradosso scaturisce da una mancanza di distinzione tra i livelli del discorso. Le definizioni dovevano riguardare proprietà aritmetiche degli interi; ma la richardianità non è tale. È qui un nucleo imperfetto dell'aritmetizzazione.

Richard costruisce sulla teoria dei numeri naturali una metateoria: l'insieme delle definizioni di proprietà dei numeri naturali. L'associazione di un numero a ogni definizione dovrebbe consentire il ritorno della metateoria sulla aritmetica.

Così dove Richard fallisce, Gödel riesce innestando l'aritmetizzazione nella teoria delle funzioni ricorsive.

5.c. ***Epimenide o il Mentitore***

L'autoreferenzialità ci permette di collegare questo ragionamento anche all'antinomia del mentitore.

Sostituendo in 'questo enunciato è falso' alla nozione di falso quella di non dimostrabile, pur mantenendo la costruzione autoreferenziale, Gödel non produce alcun paradosso. La fallacia non discenderebbe quindi tanto dall'uso dell'autoreferenzialità[82], ma da quello improprio del concetto 'vero'. Gödel coglie una differenza essenziale tra i concetti di 'verità' e di 'dimostrabilità': solo il secondo è definibile per un sistema all'interno di quel sistema.

In generale è possibile "per ogni proprietà matematica *f* che possa essere espressa nel sistema, costruire una proposizione che dice di sé di possedere questa proprietà. (...) Questa costruzione può essere eseguita solo se la proprietà *f* può essere espressa nel sistema, e la soluzione del paradosso di Epimenide si trova nel fatto che questa possibilità non si realizza per ogni proprietà

[82]Rispetto alla interpretazione, sviluppata nei *Principia,* delle antinomie come violazioni del principio del circolo vizioso, e perciò fallacie riflessive, Gödel commenta: "La soluzione suggerita da Whitehead e Russell, che una proposizione non può fare alcuna affermazione su se stessa, è troppo drastica. Abbiamo visto che possiamo costruire proposizioni che fanno affermazioni su se stesse, e, in verità, si tratta di proposizioni aritmetiche che coinvolgono solo funzioni definite ricorsivamente, e perciò sono senza dubbio affermazioni dotate di senso." [K. Gödel, "*On undecidable propositions of formal mathematical systems*", Princeton (N.J.), Institute for Advanced Studies, 1934 (trad. it. di G. Lolli, "*Sulle proposizioni indecidibili dei sistemi matematici formali*" in K. Gödel, *Opere,* vol.I, *op. cit.*, pp. 252-276, p. 268).]

metamatematica"[83]. Si esamini infatti il seguente caso: A oggi dice: 'ogni affermazione che A oggi pronuncia è falsa'. Ma A deve specificare un linguaggio di riferimento B, rispetto cui valga la precedente affermazione. Cioè 'ogni affermazione che A oggi pronuncia è falsa in B'. Tuttavia 'affermazione falsa in B' non può essere espressa in B. Quindi per Gödel "il paradosso può essere considerato una dimostrazione che 'affermazione falsa in B' non può essere espressa in B"[84].

A questo fatto Gödel collega, nelle lezioni tenute a Princeton nel 1934, direttamente l'esistenza delle proposizioni indecidibili. Generalizzando il metodo per diagonale, e ponendo *~T* come negazione della proprietà di verità per una proposizione, "potremmo applicare il nostro procedimento a *~T (S(w,w))* e ottenere *~T (S(z_p, z_p)),* che dice di sé di essere falsa"[85]. Poiché S esprime la relazione di sostituzione e *p* è il numero di Gödel di *~T (S(w,w))* con z_p per Zahl p, *S(z_p,z_p)* è quanto al concetto di "non vero" il

[83]*Ibidem.* Gödel fornisce qui una enunciazione informale del lemma dell'autoriferimento (o di diagonalizzazione). Se F(**n**) significa: "la formula che ha numero di Gödel n gode della proprietà *f*", e *n* è il numero di N, F(**n**)≡ N. Perciò se F(S(x,x)) ha numero di Gödel *p*, F(**p**,**p**) dice di sé di possedere la proprietà *f*.

[84]*Ibidem.*

[85]*Ibidem.*

corrispettivo della formula descritta in [*(Rq); q*] quanto al concetto di '$\overline{\text{Bew}}$'. Ma nel caso della proprietà espressa da *~T* si produce subito contraddizione, poiché la nozione di verità è, nella logica classica, soggetta al principio del terzo escluso, quindi una proposizione o è vera o è falsa.

Non così per la nozione di dimostrabilità. "D'altra parte, *ΣvB(v, z_k)* è un'affermazione nel sistema del fatto che la formula con numero k è dimostrabile."[86]

Questo passo può essere meglio compreso alla luce di quanto Gödel scrive a Zermelo in una lettera del 12.10.31. La dimostrabilità può essere definita nel sistema, perché essa è una proprietà puramente combinatoria, formale.

Vale a dire, può essere considerata in modo esclusivamente sintattico[87]. Perciò la classe delle formule

---

[86]*Ivi*, p. 269. In questo caso il simbolo Σ indica un quantificatore esistenziale. La formula equivale quindi alla componente definitoria del concetto n. 46 dello scritto del 1931, cioè per esempio: $Bew(z_k) \equiv (\exists v) vB(z_k)$.

[87]"Die Eigenschaft einer Formel, beweisbar zu sein, ist eine rein kombinatorische (formale), bei der es auf die Bedeutung der Zeichen *nicht* ankommmt." (I. Grattan-Guinness, "*In memoriam Kurt Gödel: his 1931 correspondence with Zermelo on his incompletability theorem*", «Historia mathematica», 6 (1979), pp. 294-304, p. 300.)

dimostrabili è riconducibile, mediante aritmetizzazione, ai segni di classe del sistema formale.

Ma ciò non vale per la proprietà di correttezza (verità), che al significato si appoggia. "Allora vediamo che la classe α dei numeri di formule vere non può essere espressa da una funzione proposizionale del nostro sistema, mentre la classe β delle formule dimostrabili lo può."[88]

La classe delle formule dimostrabili non è coestensiva alla classe delle formule vere; e poiché ogni formula dimostrabile è vera, $\beta \subseteq \alpha$.

Perciò esiste almeno una proposizione A, che è vera ma non dimostrabile. Essendo tale proposizione vera, nemmeno ~A sarà dimostrabile: A è indecidibile.

6. ***Il concetto "vero"***

La dimostrazione qui offerta dell'esistenza di proposizioni indecidibili in un sistema, non ne fornisce

[88]K. Gödel, "*On undecidable propositions of formal mathematical systems*", *art. cit.* (trad. it., p. 269). Questo equivale a dire che la classe dei numeri delle proposizioni corrette, a differenza di quella dei numeri delle proposizioni dimostrabili, non è riconducibile a un segno di classe: "Die Klasse W der richtigen Formeln ist niemals mit einem Klassenzeichen desselben System umfangsgleich". (in I. Grattan-Guinness, *art. cit.*, p. 300.)

tuttavia alcun esempio specifico. Per questo motivo forse, l'argomento non compare nello scritto del 1931. La mancanza di costruibilità, come si legge ancora nella lettera a Zermelo, lo avrebbe reso vulnerabile agli attacchi degli intuizionisti[89].

Ciò consente però di considerare l'incompletezza di un sistema da due punti di vista: rispetto alla presenza in esso di enunciati indecidibili; e rispetto alla non definibilità nello stesso di concetti quale quello di verità. Gödel rinvia per la trattazione più dettagliata dell'argomento al saggio di Alfred Tarski (1933), il cui obiettivo è delimitare le condizioni di verità di un enunciato per un linguaggio oggetto L[90].

---

[89]"Weil aber B $\subseteqq$ W, so gilt B $\subseteq$ W d.h. es gibt eine richtige Formel A, die nicht beweisbar ist. Weil A richtig ist, so ist auch non-A nicht beweisbar, d.h. A ist unentscheidbar. Dieser Beweis hat aber den Nachteil, dass er keine Konstruktion des unentscheidbaren Satzes liefert und intuitionistisch nicht einwandfrei ist." (I. Grattan-Guinness, *art. cit.*, p. 301.)

[90]"*Der Wahrheitsbegriff in den formalisierten Sprachen*", «Studia philosophica», Lemberg, 1, (1935), pp. 261-405 (trad. it. *Il concetto di verità nei linguaggi formalizzati*, in F. Rivetti Barbò, *L'antinomia del mentitore nel pensiero contemporaneo: da Pierce a Tarski*, Vita e pensiero, Milano, 1961, pp. 391-677).

Tarski pensa in primo luogo di fondare la semantica come parte della morfologia (sintassi) del linguaggio oggetto, cioè di produrre un sistema coerente e semanticamente chiuso. Egli si basa su una concezione semantica di verità come corrispondenza al reale: diciamo che l'enunciato "la neve è bianca" è vero, se la neve è bianca. Per la definizione di verità, Tarski richiede che si realizzino due condizioni:

1) una condizione di "adeguatezza materiale", per la quale, dato un linguaggio L, ogni equivalenza del tipo:

("la neve è bianca" è vero) ↔ la neve è bianca

deve poter essere provata nel metalinguaggio. Il simbolo Wr, che designa la classe di tutti gli enunciati veri, è, nei termini del metalinguaggio, così circoscritto mediante lo schema:

$$x \in Wr \leftrightarrow p$$

con x nome strutturale descrittivo di un enunciato qualunque del linguaggio oggetto (per esempio l'enunciato "la neve è bianca") e p la traduzione dell'enunciato stesso nel metalinguaggio. Ogni enunciato vero sarà deducibile dallo schema;

2) una condizione di "correttezza formale", vale a dire la definizione di verità non deve portare a contraddizioni.

Considerando ora un linguaggio L di ordine infinitario, capace di esprimere l'aritmetica, Tarski constata che, se l'insieme di tutti i teoremi della metascienza è non contraddittorio, risulta impossibile pervenire a una definizione adeguata della verità. Poiché infatti il metalinguaggio contiene L come sua parte e, accanto a ogni enunciato di L, il nome che nel metalinguaggio designa quell'enunciato, se si riuscisse a costruire per L una definizione adeguata di verità, il metalinguaggio acquisirebbe quel carattere universalistico che, rendendolo atto a "parlare" di qualsiasi cosa, lo esporrebbe alla genesi di antinomie.

In particolare sarebbe riproducibile l'antinomia del mentitore: per un enunciato x del linguaggio L, esisteranno nel metalinguaggio una formula che afferma la verità di x, e una formula che afferma la falsità di x.

Tarski esibisce la contraddizione cercata, mettendo in corrispondenza, secondo il metodo di Gödel 31, la classe degli enunciati Wr con una classe di numeri naturali. Egli considera quindi l'espressione:

$$(1)\ \text{“}\cup_1^3\,(i_n\,.\,\varphi_n) \notin \mathrm{Wr}\text{”}$$

che rappresenta nel metalinguaggio il nome di una funzione enunciativa, con "n" come unica variabile libera. Nella notazione di Tarski il simbolo *i* designa una funzione di identità numerica; $\cup_1^3$ ne introduce la quantificazione esistenziale rispetto alla sua prima variabile del terzo ordine, cioè “n”. Tarski correla alla (1) una funzione, equivalente ad essa per qualsiasi valore di “n”, e totalmente espressa in termini aritmetici. Rappresentando tale funzione con “ψ(n)”, risulta:

$$(2)\ \cup_1^3\ (\iota_n \,.\, \varphi_n) \notin Wr \text{ se e solo se } \psi(n).$$

Come elemento della successione ordinata di funzioni φ del linguaggio L, “ψ(n)” ha un certo indice k, cioè: “ψ(n)” = φ_k. Per sostituzione si ottiene dunque:

$$(3)\ \cup_1^3\ (\iota_k \,.\, \varphi_k) \notin Wr \text{ se e solo se } \psi(k).$$

Ma “$\cup_1^3\ (\iota_k \,.\, \varphi_k)$” indica a sua volta un enunciato di L, cui si applica la condizione: $x \in Wr \leftrightarrow p$; perciò:

$$(4)\ \cup_1^3\ (\iota_k \,.\, \varphi_k) \in Wr \text{ se e solo se } \psi(k).$$

In conclusione, la riduzione dei concetti semantici a concetti strutturali si rivela solo parziale. Per i linguaggi ‘ricchi’ sussiste infatti un impedimento basilare: sembra impossibile costruire un concetto di soddisfazione generale e semanticamente univoco, applicabile a tutte le funzioni enunciative. Per ogni concetto semantico, si può invece formulare un numero infinito di definizioni parziali, senza alcun mezzo che autorizzi il passaggio automatico da queste definizioni parziali a una definizione comprensiva.

La verità degli enunciati di L sarà quindi indefinibile in L, ma definibile in una estensione di quel linguaggio L* al tipo immediatamente più elevato. Il metalinguaggio deve cioè possedere un ordine più alto di quello del linguaggio oggetto, pena l'antinomia.

Si veda in proposito la recensione di Gödel *Besprechung von Rudolf Carnap, "Die Antinomien und die Unvollständigkeit der Mathematik"*: ogni linguaggio può essere esteso in modo da contenere un concetto di 'vero', che soddisfa la prerogativa dell'attribuzione autoreferenziale per tutti gli enunciati del linguaggio originario, ma non per gli enunciati del linguaggio esteso[91].

Così l'insieme dei numeri di Gödel della classe degli enunciati veri non è uguale a quello della classe dei teoremi.

---

[91]Poiché la proprietà metamatematica 'vero' non può essere espressa nel sistema, la costruzione autoreferenziale è, come indicato nelle lezioni di Princeton, un uso improprio di quel concetto e, in quanto tale, porta all'antinomia. "Vale a dire, più precisamente, che si assume falsamente che esista un concetto B(vero) per cui per ogni enunciato *A* la formula

$$B(\text{``}A\text{''}) \equiv A$$

è dimostrabile. Dall'emergenza delle antinomie si può concludere che un tale concetto B non può essere espresso in alcun linguaggio non contraddittorio." Si vede chiaramente l'applicazione del lemma dell'autoriferimento. [K. Gödel, "*Besprechung von Rudolf Carnap 1934*", «Zentralblatt für Mathematik und ihre Grenzgebiete», 11 (1935), p. 1 (trad. it. di G. Lolli, *Recensione di Carnap 1934*, in *Opere,* vol. I, *op. cit.*, p. 290).]

"La vera ragione per cui l'incompletezza è intrinseca a tutti i sistemi formali per la matematica consiste nel fatto che è sempre possibile estendere nel transfinito la formazione di tipi sempre più elevati, mentre in qualunque sistema formale ne sarà disponibile solo una quantità al massimo numerabile"[92]. Se il concetto di verità matematica è transfinito, stante la relazione di inclusione, tutte le proposizioni dimostrabili risultano senz'altro vere e, per lo stesso motivo, le proposizioni indecidibili "diventano decidibili con l'aggiunta di tipi superiori e degli assiomi corrispondenti; ciò nonostante nei sistemi di ordine superiore possiamo costruire con lo stesso metodo altre proposizioni indecidibili e così via"[93]. Le proposizioni così costruite sono esprimibili nel sistema, poiché permane nelle estensioni la rappresentabilità delle funzioni ricorsive primitive, e in particolare di quelle individuate da Gödel 31. Ma la loro decidibilità resta assegnata a tipi superiori. Il contrario segnerebbe infatti la avvenuta cattura ricorsiva

---

[92]K. Gödel, "*Über formal unentscheidbare Sätze der 'Principia Mathematica' und verwandter Systeme I*", *art. cit.* (trad. it., p. 131).

[93]K. Gödel, "*Über Vollständigkeit und Widerspruchsfreiheit*", «Ergebnisse eines mathematischen Kolloquiums», 3 (1932) pp. 12-13 (trad. it di S. Bozzi, "Su completezza e coerenza", in K. Gödel, *Opere*, vol. 1, *op. cit.*, pp. 170-171).

della proprietà 'vero'. Ne segue che gli assiomi dell'aritmetica, se coerenti, sono *essenzialmente* incompleti.

7. ***Il secondo teorema di incompletezza***

La conclusione che [*R(q); q*] è, oltre che indimostrabile, vera dà luogo, sotto la condizione della coerenza di P, al secondo teorema di incompletezza. Se P è coerente, allora la formula W, che esprime la coerenza di P, non è dimostrabile in P. Poiché infatti la non dimostrabilità di [*R(q); q*] è stata ricavata dalla sola coerenza, vale:

$$\mathrm{Wid}(P) \rightarrow \overline{\mathrm{Bew}_p}\ [R(q); q].$$

Ma Wid(P): "P è coerente" equivale a: "esiste almeno una formula non dimostrabile in P", esprimibile come:

$$(\exists x)(\mathrm{Form}(x)\ \&\ \overline{\mathrm{Bew}_p}\ (x)).$$

Quest'ultima d'altra parte ha già una formula che la rappresenta ed è la stessa [*R(q); q*]; quindi:

$$W \rightarrow [R(q); q].$$

Gödel afferma che W → [*R(q); q*] è dimostrabile in P[94]. Allora, se fosse dimostrabile W, per modus ponens seguirebbe anche [*R(q); q*]: da ciò l'incoerenza del sistema.

Rispetto alle conseguenze di questo risultato per il programma di Hilbert, Gödel puntualizza nello scritto del 1931 come non si escluda la plausibilità di una dimostrazione matematica della coerenza dell'aritmetica. Ma tali dimostrazioni dovrebbero non trovarsi tra quelle già sviluppate. Il sistema P infatti, come variante di quello dei *Principia*, è stato scelto proprio perché in esso risultano formalizzabili tutti i metodi di dimostrazione in uso.

Un'ulteriore indicazione viene dal poscritto alla relazione di Königsberg. Gödel vi asserisce l'impossibilità in generale di una dimostrazione di coerenza, nel senso perseguito dai formalisti, per un sistema in cui siano formalizzabili tutti i metodi finitari di dimostrazione. "Resta tuttavia dubbio che uno dei sistemi sino ad oggi noti, per esempio quello dei *Principia Mathematica*, sia così comprensivo (o addirittura che possa esistere un sistema

[94]Gödel intendeva dare dettagliata prova della dimostrabilità di W → [R(q);q] in una successiva parte dello scritto del 1931. Ciò non accadde; una prima dimostrazione venne invece offerta da Hilbert e Bernays nel volume II dei *Grundlagen der Mathematik* (1939). "Wid", o soltanto "W", sta per widerspruchsfrei.

siffatto)."[95] Con questo dubbio, si chiarisce che escluso non è tanto il ricorso in sé a metodi finitari, quanto che abbia senso una dimostrazione di coerenza assoluta, proprio nell'accezione di internalizzabile nello stesso sistema di cui si vuole provare la non contraddittorietà.

Il suggerimento all'impiego di metodi non elementari venne accolto da Gerhard Gentzen, che nel 1936 (*Die Widerspruchs-freiheit der reinen Zahlentheorie*) dimostrò la coerenza dell'aritmetica con l'aggiunta ai principi finitari in uso di una regola di induzione transfinita. La regola di induzione transfinita è semplicemente la regola di induzione completa (dal quinto postulato di Peano), estesa dai numeri naturali agli ordinali transfiniti.

La si può dunque formulare in questi termini: se una proprietà (o una proposizione) vale per il numero 1, ed è provato che la sua validità, per ogni numero che precede n, comporta che essa valga per n, allora tale proprietà vale per tutti i numeri transfiniti.

Il nesso tra la prova di consistenza della teoria dei numeri e la regola di induzione transfinita è da Gentzen con eleganza evidenziato. Osservando inizialmente che la correttezza di una dimostrazione dipende dalla correttezza di

---

[95]K. Gödel, "*Diskussion zur Grundlegung der Mathematik. Nachtrag*", *art.cit.* (trad. it., p. 145).

altre dimostrazioni più semplici, che ne costituiscono come delle parti, Gentzen propone di disporre in successione, secondo il criterio della "semplicità", tutte le dimostrazioni dell'aritmetica, associando a ognuna di esse un numero transfinito. La necessità di ricorrere a ordinali transfiniti è motivata dalla constatazione che la correttezza di una certa dimostrazione può discendere dalla correttezza di infinite altre. Ma se stabiliamo la correttezza della dimostrazione numero 1, e proviamo inoltre che sono corrette tutte le dimostrazioni che precedono una dimostrazione avente numero n, questo implica, di nuovo, la correttezza della n-esima dimostrazione; e con ciò, per induzione transfinita, in generale di tutta la gerarchia delle dimostrazioni dell'aritmetica, di cui risulta la consistenza desiderata.

Gentzen ritiene che il procedimento così individuato adempia alle richieste di costruttività, che accomunano la scuola hilbertiana a quella intuizionista, mantenendo al tempo stesso l'ideale regolativo della scelta di metodi finitari. È infatti possibile circoscrivere la strategia di impiego e il significato degli ordinali transfiniti, in modo da evitare rigorosamente ogni riferimento a una loro interpretazione attualista. I numeri ordinali transfiniti sono infatti generati grazie alla reiterata applicazione di due sole operazioni:

1) per un numero che già esiste, formarne il successore;

2) per una successione infinita di numeri, formare un nuovo numero, che segua l'intera successione, e che ne sia il limite.

Sono le medesime considerazioni a giustificare l'applicazione della regola di induzione transfinita, senza che mai si valichi il confine di una lettura del concetto di infinito nella chiave del potenziale. Si può infatti con Gentzen asserire che, se una proposizione vale per il numero 1, e così pure per il numero 2, 3, ecc., e in definitiva per tutti i numeri naturali, di conseguenza vale anche per il numero ω che, in quanto è limite per i numeri naturali e insieme primo numero transfinito, sta con ogni numero naturale n nella relazione d'ordine $n < \omega$. Allora la stessa proposizione si predica di ω+1, ω+2, ..., ω+n, e così di seguito, penetrando nella catena degli ordinali transfiniti.[96] Ritornando a quanto

[96]Gentzen ritiene che con la stessa strategia si possano provare la consistenza dell'analisi e della teoria degli insiemi; tuttavia è necessario, per questo fine, dilatare il segmento degli ordinali utilizzati. Dallo scritto di Gentzen emerge un'immagine della matematica ripartita su tre livelli, ognuno dei quali viene determinato dal modo in cui il concetto di infinito vi occorre. Il livello più basso corrisponde alla teoria elementare dei numeri, dove la dimensione dell'infinito in gioco è quella più scarna di una serie passo per passo estesa, la cui totalità d'insieme rimane sempre in potenza. Il secondo livello abbraccia l'analisi, i cui oggetti, i numeri reali, vengono ora considerati come insiemi infiniti (nel senso in cui ogni insieme sia pensabile come una

scrive Gödel nel poscritto alla relazione di Königsberg, "la proposizione che esprime la coerenza del sistema è una delle proposizioni indecidibili del sistema stesso"[97]. Quindi nel rimando al rapporto di inclusione della classe delle proposizioni dimostrabili nella classe delle proposizioni vere, ciò dovrebbe legittimare l'uso di concetti ideali, con un ritorno, comunque accettabile costruttivamente, perché la prova di coerenza relativa che così si genera è compatibile con i parametri finitari. In una lettera a Hao Wang, circa la dimostrazione di coerenza dell'ipotesi del continuo, Gödel scrive: "Una interpretazione di questo genere (come qualsiasi dimostrazione non finitaria di coerenza) produce una dimostrazione finitaria di coerenza relativa". E, rispetto ai teoremi di incompletezza: "Di nuovo, l'uso di questo concetto transfinito (di verità matematica obiettiva) conduce, in fin dei conti, a risultati dimostrabili finitariamente, per esempio ai teoremi generali sull'esistenza

---

successione infinita). Al terzo livello, quello della teoria degli insiemi, la complessità raggiunta dal concetto di infinito è massima, poiché qui si ammettono come oggetti, oltre agli insiemi infiniti di oggetti del livello precedente, insiemi di insiemi, ecc. con un'iterazione protratta a piacere.

[97]K. Gödel, "*Diskussion zur Grundlegung der Mathematik. Nachtrag*" *art. cit.* (trad. it., p. 145).

di proposizioni indecidibili in sistemi formali coerenti"[98]. Ma mentre decade l'equivalenza tra sintassi e semantica, il risultato di incompletezza sintattica si trasforma in quello di incompletezza semantica, passando alla logica dei predicati del secondo ordine. Poiché il sistema per l'aritmetica diviene ora categorico, cioè ammette un solo modello, a meno di isomorfismi, riescono indimostrabili, in quanto indecidibili, proposizioni che sono valide nel modello.

---

[98]K. Gödel a H. Wang, 7/12/1967, in H. Wang, *op. cit.* (trad. it., p.19).

CAPITOLO 4

RICORSIVITA'

1. *Funzioni ricorsive primitive*

Gli sviluppi degli studi sulla ricorsività, l'emergere di nozioni a essa coestensive, fino alla convergenza con la nozione di Turing-computabile, permettono una versione generale e precisa dei risultati di incompletezza. Si prova cioè "rigorosamente che in *ogni* sistema formale coerente che contenga una certa quantità di teoria finitaria dei numeri esistono proposizioni aritmetiche indecidibili e inoltre che la coerenza di tali sistemi non può essere dimostrata all'interno del sistema stesso."[99]

L'incompletezza tocca proprio il concetto di sistema formale, la sua natura stigmatizzata nei limiti della procedura meccanica. Il primo passo in questa direzione è insito nell'idea di Entscheidungsdefinitheit, decidibilità di ogni relazione ricorsiva primitiva in P, da Gödel prospettata nello scritto del 1931. Essa si ribadisce nelle lezioni del 1934 a Princeton (*On undecidable propositions of formal mathematical*

---

[99]K. Gödel, "*Über formal unentscheidbare Sätze der 'Principia Mathematica' und verwandter Systeme I*", *art. cit.* (trad. it., p. 138).

systems), come espressiva di computazione finita: ogni relazione ricorsiva primitiva è decidibile in quanto si possa determinare, attraverso una procedura finita, se essa sussista per ogni data n-ulpa di numeri naturali.

Ma l'effettiva verifica riesce poggiando sulla computabilità della funzione caratteristica.

Al momento quindi è palese che la classe delle funzioni ricorsive primitive rientri in quella delle funzioni calcolabili[100]. Esse si generano infatti dalle funzioni di base, già indicate nella memoria sull'incompletezza, e intuitivamente computabili, mediante schemi di formazione che, se applicati a funzioni ricorsive primitive, determinano funzioni dello stesso tipo. Si individuano gli schemi di:

1) sostituzione (composizione)

$$\phi(x_1,...,x_n) = \psi(\chi_1 (x_1,...,x_n),...,\chi_m (x_1,...,x_n))$$

con ϕ funzione a n argomenti, ottenuta da ψ ricorsiva primitiva a m argomenti, per sostituzione delle $\chi_1,...,\chi_m$ ricorsive primitive a n argomenti;

2) recursione:

---

[100]"Le funzioni ricorsive godono dell'importante proprietà che, per ogni dato insieme di valori degli argomenti, il valore della funzione può essere calcolato attraverso una procedura finita." [K. Gödel, "*On undecidable propositions of formal mathematical systems*", *art. cit.* (trad. it., p. 254).]

$$\phi(0, x_2,\dots,x_n) = \psi(x_2,\dots,x_n)$$

$$\phi(k+1, x_2,\dots,x_n) = \chi(k, \phi(k, x_2,\dots,x_n), x_2,\dots,x_n)$$

dove, assegnato il valore di ϕ per l'argomento zero, per ogni argomento successivo $k+1$ il valore si stima in relazione a quello assunto da ϕ in k.

Nelle lezioni di Princeton Gödel mostra come anche la recursione multipla si riconduca agli stessi schemi di formazione. Per $\phi(x, y)$, con induzione simultanea rispetto alle due variabili, si definisce quindi:

$$\phi(0, y) = \psi(y)$$

$$\phi(x + 1, 0) = \chi(x)$$

$$\phi(x + 1, y + 1) = \phi(x, \phi(x + 1, y)).$$

È tuttavia possibile dimostrare che esistono funzioni computabili ricorsive non primitive. Supponiamo che $f(x,y)$, funzione ricorsiva primitiva a due argomenti, enumeri tutte le funzioni ricorsive primitive f_0, f_1, f_2, f_3, ecc. Consideriamo quindi una funzione:

$$D(x) = f(n,x) + 1.$$

D, definita per mezzo della composizione in termini della funzione successore e di *f*, è ricorsiva primitiva.

Poiché *f* enumera tutte le funzioni ricorsive primitive, esisterà un numero *i*, tale che $D = f_i$. Allora:

$$D(i) = f(i,i) \text{ e } D(i) = f(i,i) + 1$$

che è una contraddizione. Perciò nessuna singola funzione ricorsiva primitiva può enumerare tutte le funzione ricorsive primitive.

2. ***Funzioni ricorsive generali***

Sorge quindi "la questione di cosa si vorrebbe intendere con 'ogni funzione ricorsiva'"[101]. La caratterizzazione suggerita da Jacques Herbrand per cui, se il sistema di equazioni, composto dalle funzioni note $\Psi_1,... \Psi_k$, e da ϕ incognita, ha una sola soluzione per ϕ, ϕ è ricorsiva, si rivela troppo vasta. In *On undecidable propositions of formal mathematical systems* Gödel così precisa questa definizione: funzione ricorsiva generale si dice ogni $\phi(x_1,...,x_m)$, tale che in un sistema formale, le cui formule constino di equazioni fra termini e le cui regole permettano di dedurre da equazioni equazioni, per ogni *n*-upla di numeri naturali $k_1,..., k_m$ sia derivabile un'unica equazione della forma $\phi(\mathbf{k_1},..., \mathbf{k_m}) = \mathbf{n}$. Perciò "se $\phi(x_1,..., x_n)$ è ricorsiva, allora esiste un'espressione aritmetica $A(x_1,...,x_n, y)$ tale che

$$A(x_1,..., x_n, \mathrm{y}) . \equiv . \ \phi(x_1,..., x_n) = y$$ "[102].

[101] *Ivi*, p. 273.

[102] *Ivi*, p. 269.

Questa definizione sembra sostenere la congettura che la classe delle funzioni ricorsive copra esattamente quella delle funzioni computabili. Gödel adombra questa possibilità in una nota del medesimo scritto, per poi dichiararla indimostrabile finché la nozione di computazione finita, fungendo solo da principio euristico, non riceva contorni precisi. Tuttavia nel successivo *Über die Länge von Beweisen* (1936), egli osserva l'assolutezza del concetto di funzione computabile: a differenza degli altri concetti metamatematici, questo non dipende dal formalismo scelto[103]. Non solo tutte le funzioni ricorsive sono già computabili nel sistema S_z dell'aritmetica classica, perciò in qualunque sistema S_i di ordine superiore; ma anzi una funzione computabile in uno degli S_i si rivela tale anche in S_z. Come inoltre il passaggio a

---

[103]Si legga ancora: "A me sembra che tale importanza sia largamente dovuta al fatto che con questo concetto per la prima volta si è riusciti a fornire una definizione assoluta, cioè non dipendente dal formalismo scelto, di una nozione epistemologicamente interessante. In tutti gli altri casi studiati in precedenza, come la dimostrabilità o la definibilità, si è riusciti a definirli solo relativamente a un linguaggio dato". ["*Remarks before the Princeton Bicentennial Conference on problems in mathematics*" prima ed. in M. Davis (a cura di) *The Undecidable: basic papers on undecidable propositions, unsolvable problems, and computable functions*, Raven Press, Hewlett, 1965, pp. 84-88 (trad. it. di E. Ballo, *Osservazioni svolte al convegno del bicentenario di Princeton sui problemi della matematica*, in K. Gödel, *Opere*, vol. 2, *op. cit.*, pp. 153-156, p. 153).]

sistemi di ordine superiore risolve l'indecidibilità di certe proposizioni, così per una funzione computabile esso accorcia il numero delle formule di una sua dimostrazione[104]. Sia cioè ϕ una qualunque funzione computabile in S_i, esiste una formula A tale per cui, se k è il numero delle righe della sua più breve dimostrazione in S_i, e l è il numero delle righe delle sua più breve dimostrazione in S_i+1, allora $k > \phi(l)$.

Questa diseguaglianza vale per proposizioni aritmetiche di genere uguale a quello delle proposizioni indecidibili. Le si può quindi trasporre nella forma:

$$(P)[Q(x_1,x_2,...,x_n)=0]$$

con $x_1,x_2,...x_n$ variabili per numeri naturali, Q polinomio a coefficienti interi e (P) successione di quantificatori universali e esistenziali per $x_1,x_2,...x_n$.

In tal modo si ottiene una proposizione che esprime una proprietà dell'equazione diofantea:

$$Q(x_1,x_2,...x_n) = 0.$$

[104]"Perciò, il passaggio alla logica di ordine superiore ha l'effetto, non solo di rendere dimostrabili certe proposizioni prima indimostrabili, ma anche di accorciare, in misura straordinaria, una quantità infinita di dimostrazioni già disponibili." [K. Gödel, "*Über die Länge von Beweisen*", «Ergebnisse eines mathematischen Kolloquiums», 7 (1936), pp. 23-24 (trad. it. di G. Lolli, *Sulla lunghezza delle dimostrazioni*, in *Opere*, vol. I, *op. cit.*, pp. 298-299, p. 298).]

3. ***Il decimo problema di Hilbert***

Nelle lezioni del 1934 Gödel dimostra "che esiste una successione di quantificatori logici, diciamo (P), e un'equazione diofantea, F=0, tale che la nostra proposizione indecidibile è equivalente a (P)(F=0)"[105].

Per *Über formal unentscheidbare Sätze der 'Principia Mathematica' und verwandter Systeme I* infatti, avendo la proposizione indecidibile forma (x)F(x), con F proprietà dei numeri naturali ricorsivamente definita, le corrisponde una funzione ricorsiva ϕ, tale che:

$$F(x) \equiv \phi(x)$$

$$(x)F(x) \equiv (x)[\phi(x) = 0]^{106}.$$

---

[105]K. Gödel, "*On undecidable propositions of formal mathematical systems*", *art. cit.* (trad. it., p. 269).

[106]Se in ognuno dei sistemi formali ω-coerenti, ottenuti da P, aggiungendo classi di assiomi ricorsivamente definibili, esistono proposizioni indecidibili della forma (x)F(x), e F è ricorsiva, per il teorema VII dello scritto del '31, ogni problema della forma (x)F(x) ne ammette uno aritmetico equivalente. "Poiché l'intera dimostrazione del Teorema VII (per ogni specifica F) può essere formalizzata nel sistema P, questa equivalenza è dimostrabile in P." [K. Gödel, "*Über formal unentscheidbare Sätze der 'Principia Mathematica' und verwandter Systeme I*", *art. cit.* (trad. it., p. 133).] Gödel deduce quindi il Teorema VIII: in ognuno dei sistemi prima citati esistono proposizioni aritmetiche in decidibili.

D'altra parte se $\phi(x)$ è ricorsiva, esiste un'espressione aritmetica $A(x,y)$ per la quale $A(x,y). \equiv .\phi(x)= y$.

Poiché ogni consimile espressione aritmetica è da Gödel dimostrata equivalente ad una della forma $(P)[Q = R]$, segue che:

$$A(x,y) \equiv (P)[Q(x,y,z_1,...z_m) = R(x,y,z_1,...,z_m)]$$

mentre per $y = 0$ la proposizione indecidibile diventa:

$$(x)(P)[Q(x,0,z_1,...,z_m) = R(x,0,z_1,...,z_m)].$$

Essendo quest'ultimo enunciato così relativo alle soluzioni di una equazione, del tipo $F=0$, si desume che non è possibile, sulla base dei principi della matematica classica, alcuna teoria completa dei problemi diofantei.

Poiché con teoria completa qui Gödel allude al reperimento di un teorema che concluda per la risolubilità di ogni espressione diofantea, l'esito ora conseguito si lega al decimo problema di Hilbert: trovare un metodo effettivo per stabilire se un'equazione qualsiasi diofantea possieda o meno una soluzione[107]. Costruendo il prefisso (P) composto di soli

In "*On undecidable propositions of formal mathematical systems*" la variante diofantea della proposizione indecidibile è ricavata estendendo il teorema VIII.

[107]Al secondo congresso internazionale dei matematici, svoltosi a Parigi nel 1900, Hilbert enuncia una serie di problemi la cui

quantificatori esistenziali, Yuri Matiyasevich nel 1970 produrrà come proposizione vera ma indecidibile:

$$\sim\exists(x_1,...,x_n)[F(x_1,...,x_n)=0]$$

che interpretata afferma la non esistenza di tale soluzione per $F(x_1,...,x_n)=0$.

Ma già nel poscritto alle lezioni di Princeton Gödel scandisce più nettamente: "Non esiste alcuna *teoria formalizzata* che risponda a tutte le questioni diofantee della forma (P)(F=0)"; quindi: "Non esiste alcun *algoritmo* di decisione per relazioni in cui occorrono sia + che ×"[108].

Il corsivo, che evidenzia le parole 'teoria formalizzata' e 'algoritmo', rimanda a ciò che ha consentito queste più nitide versioni, l'approfondirsi del concetto di 'effettivo' che, colto nella nozione di ricorsività generale, raffina i propri contorni grazie agli sforzi di Alonzo Church, Stephen Cole Kleene, Alan M. Turing.

---

trattazione dovrebbe imprimere un rilevante progresso alla scienza. Di questi problemi il decimo è così formulato: "Sia data una equazione diofantea con certe incognite e a coefficienti razionali interi. Si deve dare un procedimento, con il quale si possa decidere, mediante un numero finito di operazioni, se l'equazione è risolubile in numeri razionali interi". [D. Hilbert, "*Mathematische Probleme*" *art. cit.* (trad. it., p. 160).]

[108]K. Gödel, "*On undecidable propositions of formal mathematical systems*", *art. cit.* (trad. it., p. 275).

4. *Il concetto di effettivo*

4.a. *Il λ-calcolo*

Church sviluppa, con il λ-calcolo, un sistema in cui il fenomeno della ricorsività essenzialmente viene a dipendere dall'iterazione. Ogni numero naturale *n* è, in questo sistema, definito come l'operazione che, per una funzione f(x), produce il suo n-esimo iterato f(...f(x)) *n* volte. A ogni numero quindi il λ-operatore permette di associare una formula in questo modo:

$$1 = \lambda fx.f(x),\ 2 = \lambda fx.f(f(x)),\ \text{e così via.}$$

A questa rappresentazione si riconduce infine qualunque funzione ricorsiva; per esempio la funzione successore: S(m) = m+1 diviene 1(S(m)); S(S(m)) = m+2 dà 2(S(m))... Secondo Church la nozione intuitiva di funzione effettivamente calcolabile si caratterizza in modo rigoroso identificandosi con quella, formalmente precisata, di funzione λ-definibile o di funzione generale ricorsiva (secondo la definizione data da Gödel).

La 'tesi di Church', come da Kleene è stata battezzata, porta quindi al coincidere degli ambiti del computabile e del ricorsivo. Gödel non aderì alla tesi di Church fino a che non sopravvenne, a scandagliare il processo della computazione, il modello della macchina di Turing.

4.b. *La macchina di Turing*

Si caratterizza una macchina di Turing (o TM) come un dispositivo di calcolo, dotato di memoria e nastro potenzialmente infiniti, quest'ultimo ripartito in uguali celle, ognuna delle quali rechi uno e un solo simbolo dell'alfabeto della macchina, tra cui lo spazio vuoto.

Esaminando una cella, il dispositivo può eseguire una delle seguenti operazioni-base: I) scrivere un simbolo se la cella è vuota; II) cancellare il simbolo che compare nella cella, eventualmente rimpiazzandolo con un altro; III) spostarsi di una cella a destra; IV) spostarsi di una cella a sinistra.

Ogni operazione compiuta costituisce un passo del calcolo, al termine del quale il dispositivo si configura in un nuovo stato interno.

Il comportamento del dispositivo si descrive quindi con un insieme di quadruple, ciascuna consistente di:

1) uno dei possibili stati interni q_i; 2) una delle possibili condizioni della cella, ovvero uno dei simboli a_i in

essa inscritto; 3) una delle quattro operazioni primitive A_k; 4) un nuovo stato interno q_j[109].

Due quadruple distinte debbono inoltre tra di loro differire per (1) stato interno e per (2) condizione della cella, in modo che il comportamento del dispositivo si svolga sotto una univoca prevedibilità. Si conviene infine che il dispositivo possa, in determinate circostanze, arrestarsi.

---

[109]In "*Computing Machinery and Intelligence*" Turing descrive una macchina calcolatrice a stati discreti in numero finito con la seguente correlazione tra ultimo stato (q_1, q_2, q_3) e ingresso (i_0,i_1):

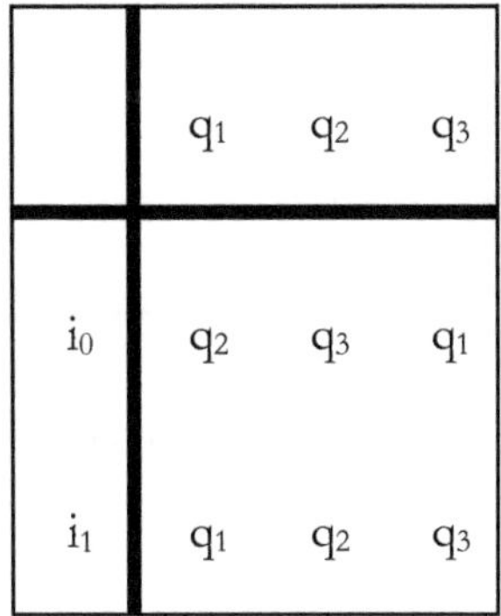

	q_1	q_2	q_3
i_0	q_2	q_3	q_1
i_1	q_1	q_2	q_3

Lo stato interno è quindi determinato, a ogni istante, dall'ultimo stato interno e dal segnale di ingresso. I segnali in uscita sono così indicati:

Stato q_1 q_2 q_3

Uscita u_0 u_0 u_1.

[A. M. Turing, "*Computing Machinery and Intelligence*", «Mind», 59 (1950), pp. 433-460 (trad. it. di N. Dazzi, *Macchine calcolatrici e intelligenza* in V. Somenzi, R. Cordeschi (a cura di), *La filosofia degli automi. Alle origini dell'intelligenza artificiale*, Boringhieri, Torino, 1986, pp. 157-183).]

Ogni macchina di Turing, così contraddistinta da un suo insieme di quadruple, computa una certa funzione. Applicando all'insieme delle quadruple la tecnica dell'aritmetizzazione, si trova il numero di Gödel della corrispettiva macchina di Turing.

Catalogati infine tutti i dispositivi in base al loro numero di Gödel, si chiama macchina di Turing universale (TMU) quella che, disponendo di numeri sul proprio nastro, e fornita di istruzioni atte a interpretarne il codice, sappia imitare, per ogni numero n, il comportamento della n-esima macchina.

4.c. *Insiemi decidibili e semidecidibili*

Nella nozione di Turing-computabile si dissolve la vaghezza residua, legata ancora all'uso informale dell'effettivo. L'equivalenza tra la ricorsività e il dominio del Turing-computabile offre una controparte rigorosa anche al problema di definire cosa significhi possedere una procedura effettiva per un insieme di numeri interi positivi.

Un insieme I di interi positivi si dirà decidibile se e solo se esso sia ricorsivo, cioè se la sua funzione caratteristica f_I, per $f_I(x)=1$ quando $x \in I$ e $f_I(x)=0$ quando $x \notin I$, sia ricorsiva (λ-definibile o Turing-computabile).

Mentre quindi rispetto a un insieme decidibile I, per ogni x, si può sempre accertare se x $\in$ o $\notin$ I, l'accezione di insieme di interi effettivamente generabile comporta soltanto la più ristretta esistenza di un algoritmo, che determina se un intero n appartiene all'insieme.

Se l'algoritmo fosse protratto per un tempo illimitato, ne sarebbero generati tutti e soli gli elementi dell'insieme e, per ogni intero *n* così prodotto, esisterebbe sempre un intervallo di tempo finito *t*, tale che, rispetto all'inizio del computo, n comparirebbe proprio al tempo *t*.

Poiché la nozione di insieme di interi effettivamente generabile include in modo proprio quella di insieme di interi decidibile, non basta a precisarla sovrapporvi il concetto di insieme ricorsivo. La si può invece identificare al concetto di insieme ricorsivamente enumerabile. Si dice insieme ricorsivamente enumerabile un insieme o vuoto, o enumerabile, eventualmente con ripetizioni, come la successione dei valori di una funzione ricorsiva.

Considerando ora come insieme quello delle formule ben formate di un sistema formale, ci si chieda se, per ogni formula ben formata, si possa effettivamente decidere se essa sia o meno un teorema del sistema in questione. In caso affermativo, dovrebbe apparire, in modo inequivocabile, se la formula appartiene o no appartiene al sottoinsieme dei teoremi (Teo) del medesimo sistema.

Poiché Teo si rivelerebbe allora decidibile, disporremmo di una funzione fteo ricorsiva, tale che, per ogni *n* numero intero, fteo(**n**)=1 se e solo se la formula ben formata con numero di Gödel *n* fosse un teorema, e fteo(**n**)=0 in caso contrario.

Quindi l'insieme dei numeri di Gödel dei teoremi del sistema formale sarebbe ricorsivo, e tale sistema avrebbe un problema della decisione risolubile.

5. *Entscheidungsproblem*

In *An unsolvable problem of elementary number theory* (1936) Church dimostra che l'insieme dei numeri di Gödel dei teoremi di un sistema formale, che risponda al requisito di ω-coerenza individuato in Gödel 31, non è ricorsivo.

La conclusione non stupisce, se si ricorda come il concetto espresso da 'Bew x': 'x è una formula dimostrabile', al punto 46 dell'elenco di Gödel 31, fosse l'unico non ricorsivo, per quanto definito da (∃y)yBx 'y è una dimostrazione di x' con B ricorsivo. Ma proprio perché una teoria del primo ordine, quale quella di Gödel 31, è capace di rappresentare in se stessa le funzioni ricorsive, quindi di esprimere ogni relazione ricorsiva, l'insieme dei numeri di Gödel dei suoi teoremi non è ricorsivo.

Quando, come avviene per sistemi formali siffatti, l'Entscheidungsproblem resta senza soluzione per tutte le estensioni coerenti della teoria, questa si chiama 'essenzialmente indecidibile'. Per Alfred Tarski, Andrzej Mostowski, Raphael M. Robinson (*Undecidable theories* 1953) se una teoria T, essenzialmente indecidibile, è interpretabile in un sistema S, anche S è essenzialmente indecidibile. Se inoltre T è interpretabile in una estensione finita S* di S e con le stesse costanti di S, S* è indecidibile.

Church giunge a dimostrare anche la irresolubilità dell'Entscheidungsproblem per il calcolo dei predicati del primo ordine. Lo stesso risultato consegue nel 1937 Turing, che in *On computable numbers, with an application to the Entscheidungsproblem* riformula il problema della decisione nei termini del problema dell'arresto, rispondendo cioè alla questione se esista un procedimento effettivo in grado di stabilire quando una TM_n, n-esima macchina di Turing, applicata su un input y, si fermi o meno.

Si definisca un insieme G di numeri di Gödel, tale che $n \in G$ se e solo se n è il numero di Gödel di una funzione ϕ Turing-computabile (quindi della rispettiva TM che la computa).

Un interprete universale TMU, per ogni n, se $n \in G$, imiterà il comportamento della n-esima macchina di Turing, calcolando il valore della funzione che ha numero n.

Per $\phi_n(x) = y$, $TMU(n;x) = TM_n(x) = y$.

Se l'insieme G è decidibile, disporremo di una funzione g, in grado di stabilire se, per ogni n, effettivamente $n \in$ o $\notin G$. Cioè:

$g(n) = y+1$ se $n \in G$ (quindi la TMU, operando come la TM_n, si ferma, dopo un numero finito di passi, producendo l'output y);

$g(n) = 0$ se $n \notin G$ (la TMU non si arresta più).

Supponiamo che g sia Turing-computabile e con numero di Gödel z.

Posto $g(z)=y^*$ [quindi $TMU(z;z)=TM_z(z)=y^*$], se g è, come da ipotesi, Turing-computabile, $z \in G$.

Perciò $g(z)=y^*+1$ [$TMU(z;z)=TM_z(z)=y^*+1$].

Da g Turing-computabile segue contraddizione; dunque non esiste una procedura effettiva per decidere se una macchina di Turing calcola o meno con successo una funzione. Se ora immaginiamo G come l'insieme dei numeri di Gödel dei teoremi del calcolo dei predicati: $n \in G$ se e solo se è un teorema del calcolo dei predicati, risulta la non decidibilità di G.

Secondo Gödel l'esame del concetto di procedura meccanica attraverso quello di macchina di Turing centra l'essenza del sistema formale, in cui "il ragionamento è completamente sostituito da operazioni meccaniche sulle formule"[110]. È lecito quindi paragonare un sistema formale a una TM per produrre formule dimostrabili.

Se una macchina di Turing gode delle seguenti proprietà: a) stampa solo teoremi del sistema formale; b) per ogni teorema, la macchina stampa il teorema dopo un intervallo di tempo finito, a partire dall'inizio del computo, può rivelarsi non risolubile con mezzi effettivi se una qualunque fbf di un sistema formale verrà o meno stampata. Nel caso del calcolo dei predicati, la non risolubilità dell'Entscheidungsproblem si concreta, sul piano semantico, nella semidecidibilità del problema della conseguenza logica. Data l'equivalenza di validità e derivabilità per il calcolo dei predicati, se una formula ben formata è valida, la macchina di Turing a un certo punto stampa la sua derivazione. Se non è valida, la procedura di ricerca di una possibile derivazione prosegue senza arrestarsi.

Rispetto invece alle formalizzazioni dell'aritmetica, la semidecidibilità tradisce l'incompletezza sintattica, cioè l'esistenza di infinite proposizioni né derivabili né confutabili.

---

[110]K. Gödel, "*On undecidable propositions of formal mathematical systems*", *art. cit.* (trad. it., p. 275).

6. *Funzioni totali e parziali ricorsive*

Alla luce della tesi e del teorema di Church, Kleene (*General recursive functions of natural numbers*, 1936) perfeziona il concetto di funzione ricorsiva generale, introducendo lo schema di minimalizzazione illimitata che, aggiungendosi a quelli di Gödel 34, si avvale dell'operatore μ. Poiché ogni insieme non vuoto contiene un elemento minimo, se per una funzione ricorsiva $f(x_1,...,x_n,x)$ è soddisfatta la condizione di normalità:

$$\forall x_1 \forall x_2,..., \forall x_n \exists x(f(x_1,...,x_n,x))=0,$$

l'operatore μ viene a designare il più piccolo elemento x, tale che $f(x_1,...,x_n,x)=0$. La nuova funzione ricorsiva $g = \mu f$ corrisponde quindi allo schema:

$$g(x_1,...,x_n) = \mu x f(x_1,...,x_n,x) = 0$$

dove il valore di g, per ogni n-upla $x_1,...,x_n$, è costituito proprio dal più piccolo x in questione. Attribuito poi a ogni funzione ricorsiva di un sistema formale il suo numero di Gödel n, Kleene prospetta un predicato ricorsivo primitivo:

$$T(p,x_1,...,x_n,y)$$

designante la relazione aritmetica: "y è una computazione del valore della p-esima funzione per $x_1,...,x_n$". Da μT, la funzione ricorsiva primitiva:

$$U(\mu y\ T(p,x_1,...x_n,y))$$

definendo il valore della più piccola computazione y per la p-esima funzione, rappresenta per quella funzione ricorsiva la sua 'forma normale'.

Constatando che l'operatore μ fornisce un valore solo se si ottempera alla condizione di normalità, l'insieme delle funzioni ricorsive si ripartisce nella sottoclasse delle funzioni totali ricorsive e nella più ampia classe delle funzioni parziali ricorsive. Mentre le prime risultano definite per ogni loro argomento, le seconde, pur non rivelandosi necessariamente tali, per tutti gli argomenti per cui sono definite sono anche computabili. Tuttavia il problema di discriminare se una funzione ricorsiva $\in$ o $\notin$ al sottoinsieme delle funzioni totali ricorsive non è decidibile. Il teorema di forma normale, circoscrivendo l'insieme dei numeri di Gödel delle funzioni totali ricorsive mediante μT, porta a concludere che esso non sia ricorsivo. Quando infatti a un predicato ricorsivo si applica una quantificazione illimitata, si genera un insieme M ricorsivamente enumerabile. Se però la quantificazione illimitata definisce in modo essenziale M, così che non se ne ravvisi un complemento nonM del pari ricorsivamente enumerabile, M non è ricorsivo. Ma l'operatore μ comporta proprio, grazie allo schema di minimalizzazione illimitata, un riferimento di tipo esistenziale alla totalità dei numeri naturali; e, applicandosi a

T, predicato ricorsivo, il riferimento slitta alla totalità delle computazioni.

Al tempo stesso, rispetto all'insieme dei numeri di Gödel delle funzioni totali ricorsive, offrendo un risultato solo se soddisfatta la condizione di normalità, μ non permette di individuarne un complemento ricorsivamente enumerabile.

7. ***Entscheidungsproblem e indecidibilità***

7.a. ***Soluzione positiva***

Poiché l'estensione di un predicato decidibile determina un insieme decidibile, se il predicato di dimostrabilità B(A) 'A è una formula dimostrabile' possiede per un sistema formale un algoritmo di decisione, il corrispettivo insieme dei teoremi Teo è decidibile.

Accogliendo la tesi di Church, B(A) è decidibile se B(**a**) '*a* è il numero di Gödel di una formula dimostrabile' è ricorsivo; ovvero Teo è decidibile, se l'insieme dei numeri di Gödel dei teoremi è ricorsivo.

L'irresolubilità dell'Entscheidungsproblem per un sistema formale comporta quindi che B(**a**) non sia ricorsivo.

Nel 1936 Church dimostra proprio che esistono, a fianco delle proposizioni indecidibili, predicati B(**a**) informalmente indecidibili, per i quali nessun procedimento effettivo discrimini, per qualunque valore di *a*, la verità o falsità di B(**a**). Si impone quindi, per ogni sistema formale, un nesso tra irresolubilità dell'Entscheidungsproblem e incompletezza sintattica. Ciò accade perché, essendo l'insieme Teo sempre ricorsivamente enumerabile, se per ogni proposizione A o è un teorema A o lo è non A, anche l'insieme complemento di Teo, o insieme delle formule refutabili, è ricorsivamente enumerabile.

Quando infatti un sistema formale non contiene proposizioni indecidibili, facilmente si generano i suoi non-teoremi se, elencati tutti i teoremi del sistema, si separino quelli che tra di essi iniziano con un segno di negazione. Cancellando da questa nuova lista il segno di negazione, l'elenco risultante consta delle formule ben formate, le cui negazioni sono teoremi. In tal modo, la teoria ammette una procedura completa tanto di decisione, quanto di smentita. Ma Kleene ha dimostrato che, se un insieme I e il suo complemento nonI sono entrambi ricorsivamente enumerabili, allora I è ricorsivo.

Nel nostro caso, I corrisponde a Teo; perciò il sistema è decidibile.

Il risultato di Kleene (1943) si avvale della gerarchia aritmetica, ricavata dalla quantificazione universale e esistenziale di un predicato numerico ricorsivo $R(x_1,...,x_n)$, in cui ogni gradino descrive una classe di insiemi di tipo affine.

Designando con $\sum_n^0$ (n > 0) la classe degli insiemi originati per estensione di un predicato, il cui prefisso si inaugura con un quantificatore esistenziale e contiene *n* quantificatori, disposti in alternanza, e con $\prod_n^0$ la classe degli insiemi originati per estensione di un predicato, il cui prefisso si apre con un quantificatore universale e contiene *n* quantificatori in alternanza, si ottiene:

$\sum_0^0$	$Rx_1, ..., x_n$	$\prod_0^0$	$Rx_1, ..., x_n$
$\sum_1^0$	$\exists xRx_1, ..., x_n, x$	$\prod_1^0$	$\forall xRx_1,...,x_n,x$
$\sum_2^0$	$\exists y\forall xRx_1,...,x_n,x,y$	$\prod_2^0$	$\forall y\exists x,Rx_1,...,x_n,x,y$
$\sum_3^0$	$\exists\forall\exists R$ ...	$\prod_3^0$	$\forall\exists\forall R$ ...

Se con $\sum_1^0$ si indicano gli insiemi ricorsivamente enumerabili, esprimibili nella forma $(\hat{x})(\exists y)R(x,y)$ e con $\prod_1^0$ gli insiemi il cui complemento sia esprimibile in quella medesima forma, ogni insieme $\Delta_0^0 = \sum_1^0 \cap \prod_1^0$ è ricorsivo generale.

Scegliendo tra gli insiemi di tipo $\sum_1^0$ l'insieme Teo per un sistema formale, come insieme di quelle formule per le quali esiste una dimostrazione, si ha: [$\sum_1^0 = \exists =$ Teo].

Il suo complemento nonTeo rappresenta l'insieme di quelle formule per le quali non esiste alcuna dimostrazione: [non$\sum_1^0$ = ~∃ = nonTeo] o per le quali, in modo equivalente, nessuna sequenza di formule costituisce una dimostrazione: [$\prod_1^0$ = ∀ ~ = nonTeo].

Ma se $\prod_1^0$ = nonTeo è ricorsivamente enumerabile, il suo complemento coincide esattamente di nuovo con Teo. Cioè: [non$\prod_1^0$ = ~∀~ = nonnonTeo] o, in modo equivalente: [nonnon$\sum_1^0$ = ~ ~∃ = nonnonTeo] = [$\sum_1^0$].

7.b. ***Soluzione negativa***

Per converso si mostra che, quando una teoria ha un Entscheidungsproblem negativo, allora essa contiene proposizioni indecidibili.

Si consideri la relazione B(*x*,*y*): '*y* è una dimostrazione di *x*', con *x* e *y* numeri di Gödel.

Quindi per B(x): '*x* è una formula dimostrabile', B(x)≡(Ey)B(x,y). Poiché per Church una teoria ha Entscheidungsproblem negativo quando il predicato B(x) non è ricorsivo, si troverà che, per un certo valore di x '*a*', né risulta (∃y)B(**a**,y) né risulta (∃y)B(~**a**,y); ma, tanto per *a* che per ~*a*, otteniamo nonB(**a**) e nonB(~**a**).

Ma dall'estensione di $(\exists y)B(x,y)$ discende un insieme ricorsivamente enumerabile di tipo Σ_1, che permette di definire G(Teo) insieme dei numeri di Gödel dei teoremi, come insieme degli x per cui $B(\mathbf{x})$.

D'altro canto con l'estensione di $\sim(\exists y)B(\mathbf{z},y)$ designamo l'insieme complemento, che definisce G(nonTeo) insieme dei numeri di Gödel dei non teoremi, come insieme degli z per cui nonB($\mathbf{z}$).

Se ora l'insieme indicato da Σ_1 fosse ricorsivo, ogni volta che $(\forall y)\sim B(\mathbf{z},y)$, cioè nonB($\mathbf{z}$), si potrebbe dedurre che $(\exists y)B(\sim\mathbf{z},y)$, cioè $B(\sim\mathbf{z})$ e che, per la stessa ragione, se $z \notin$ G(Teo) allora $\sim z \in$ G(Teo).

Ma né l'insieme individuato né B(x) sono ricorsivi; e poiché per $x = a$: $(\forall y)\sim B(\mathbf{a},y)$ eppure $\sim\exists y B(\sim\mathbf{a},y)$, segue che $a \notin$ G(Teo) ma $\sim a \notin$ G(nonTeo).

Essendo in tal guisa *a* né dimostrabile né refutabile, *a* esula tanto da G(Teo) quanto da G(nonTeo), testimoniando dell'esistenza di una proposizione indecidibile.

Si intende inoltre che G(Teo) e G(nonTeo), per un sistema formale capace di formalizzare la teoria dei numeri, siano effettivamente (ricorsivamente sotto la tesi di Church) inseparabili.

Ossia per ogni coppia di insiemi disgiunti B_0 e B_1, che includano rispettivamente G(Teo) e G(nonTeo), esiste un elemento *n* tale che $n \notin B_0 \cup B_1$. Perciò *n* non è il numero di Gödel né di un "B(**x**)" né di un "nonB(**x**)".

PARTE II

CAPITOLO 5

MACCHINE E MENTI

1. *Assolutezza del computabile*

Il concetto di procedimento meccanico raggiunge, secondo Gödel, la sua più tersa, adamantina trasparenza nella cifra del computabile mediante macchina di Turing. L'analisi che se ne trae appare, oltre che corretta, perfettamente adeguata; in tal senso, la si può considerare, per quel concetto, termine conclusivo del percorso che ha condotto alla sua conoscenza. Succede infatti, rispetto ai concetti matematici, che da una iniziale vaghezza si arrivi, come nell'acuirsi della messa a fuoco, a uno stato in cui tutto si presenta netto, in un processo per Gödel paragonabile a quanto accade nella percezione sensoriale, dove l'immagine, prima indistinta, diviene nitida in seguito nella sua grana[111].

[111]Sull'opinione di Gödel circa la nozione di procedimento meccanico e la percezione dei concetti si può leggere quanto riferisce H. Wang, *op. cit.* (trad. it., p. 95). Gödel ritiene che esista sempre un concetto preciso, che corrisponde al concetto inzialmente intuito in maniera non chiara. Il paragone con la percezione sensoriale è molto

Nel corso di una elaborazione della conoscenza matematica, si opera il passaggio da un intuitivo intravedersi delle nuove idee a una dimensione del tutto formalizzabile. Il concetto di effettivo ha dunque toccato nel Turing-computabile l'acme della focalizzazione, e senza zone d'ombra si staglia limpido e scevro d'ambiguità. Il suo perfetto adempimento implica anche un corrispondere finito a un oggetto matematico, dotato di uno spessore di realtà autonoma, quale la posseggono gli oggetti fisici[112].

---

stretto; in questo caso, il processo del consolidarsi dei contorni concettuali potrebbe essere pensato come il graduale emergere dei dettagli di un oggetto fisico mentre si raggiunge l'acuità visiva.

Egli giudica quindi la nozione di 'eseguibile mediante macchina di Turing' l'unica che con fedeltà apporti confini univoci e corretti al concetto, prima confusamente intravisto, di procedimento meccanico.

Poiché il concetto intuitivo non richiede che il processo meccanico termini in ogni caso, la nozione conclusiva è meglio colta dalle macchine di Turing che producono funzioni ricorsive parziali, piuttosto che da quelle che producono funzioni ricorsive totali. Ma per Gödel i concetti sarebbero percepiti in maniera più diretta degli oggetti fisici; perciò egli ipotizza che un apposito organo di senso, collegato ai centri nervosi del linguaggio, sia preposto alla ricezione delle impressioni astratte.

[112]Tutto ciò comporta che l'intuizione matematica per prima sia pensata come un tipo di percezione concettuale, e che i suoi oggetti specifici, gli oggetti matematici, godano di un'esistenza pari a quella degli oggetti fisici. Si veda per esempio quanto Gödel scrive circa la

Come di questi è necessario ammettere l'esistenza, per spiegare in modo non contraddittorio il mondo delle

---

teoria degli insiemi: "Malgrado la loro distanza dall'esperienza sensoriale, però, noi abbiamo qualcosa di analogo a una percezione anche per gli oggetti insiemistici, come si vede dal fatto che gli assiomi ci si impongono come veri. Non vedo motivi per avere meno fiducia in questa sorta di percezione, cioè nell'intuizione matematica, che nella percezione sensoriale, che ci spinge a costruire teorie fisiche". [K. Gödel, *What is Cantor's continuum problem?* in P. Benacerraf, H. Putnam, (a cura di), *Philosophy of mathematics: selected readings*, Prentice-Hall, Englewood Cliffs (N.J.), 1964 pp. 258-273 (trad. it. di C. Mangione, *Che cos'è il problema del continuo di Cantor?*, in K. Gödel, *Opere*, vol. 2, *op. cit.*, pp. 252-267, p. 266).]

In tal caso i paradossi della teoria degli insiemi potrebbero essere per la matematica quello che le illusioni dei sensi sono per la fisica. Il divario rispetto a quanto enunciato nello scritto del 1944, che cioè l'analisi dei paradossi compiuta da Russell abbia evidenziato la contraddittorietà insita nelle nostre principali intuizioni logiche (per esempio quella di verità, o quella di classe) è risolto distinguendo tra il concetto dicotomico e quello iterativo di insieme.

Il primo ricava ogni insieme ripartendo la totalità di tutte le cose nelle due categorie di quelle che posseggono una certa proprietà e di quelle che non la posseggono; tale concetto è eminentemente logico, e coincide con la nozione di classe.

L'iterazione a partire da elementi ultimi (Urelemente), per la ripetuta applicazione dell'operazione 'insieme di', permetterebbe invece una fondazione matematica adeguata.

apparenze, così per realizzare un buon sistema matematico occorre postulare la realtà dell'universo dei suoi oggetti[113].

Gödel deduce un indizio di tale necessità proprio dal teorema di incompletezza sintattica, la cui interpretazione richiede assunzioni che trascendono l'aritmetica [114].

---

[113]Alla concezione nominalistica dei *Principia*, Gödel replica che concetti e classi potrebbero essere concepiti come oggetti reali: "A me sembra che l'assunzione di tali oggetti sia altrettanto legittima dell'assunzione di corpi fisici e che ci sono almeno altrettanti motivi per credere nella loro esistenza. Essi sono necessari per ottenere un sistema soddisfacente di matematica nello stesso senso in cui i corpi fisici lo sono per una teoria soddisfacente delle nostre percezioni sensoriali". [K. Gödel, *Russell's mathematical logic*, *art. cit.* (trad. it., p. 133).]

[114]"E'risultato che (sotto l'ipotesi che la matematica moderna sia coerente) la soluzione di certi problemi aritmetici richiede l'impiego di assunzioni essenzialmente trascendenti l'aritmetica, ossia il dominio di quella specie di evidenza elementare non soggetta a discussione che può essere più da vicino paragonata alla percezione sensoriale."(*ivi*, p. 126) Analogamente in *What is Cantor's continuum problem?*, *art. cit.* (trad. it., p. 266), si legge: "sono necessari continui appelli all'intuizione matematica (...) anche per la soluzione di problemi della teoria finitaria dei numeri". Gödel si riferisce qui a problemi come la congettura di Goldbach (ogni intero positivo pari è la somma di due numeri primi), conseguenza dell'incompletezza dell'aritmetica. E' proprio la congettura di Goldbach che, nella relazione al convegno di Königsberg, viene portata ad esempio di proposizione vera ma indimostrabile nel sistema formale della matematica classica.

Ma l'esito di incompletezza riceve appunto dalla giusta delimitazione del concetto del computabile la sua risonanza: dunque varrà per ogni sistema che formalizzi una porzione di teoria elementare dei numeri.

Poiché infatti la nozione di Turing computabile gode di un'assolutezza che non dipende dal formalismo scelto, essa rende cristallino lo stesso concetto di sistema formale, additandone il quid peculiare.

Se un sistema formale essenzialmente si concreta come procedimento meccanico, macchina di Turing o apparato ricorsivo, trovano assetto indelebile anche i requisiti per il calcolo logico, descritti in Gödel 31: che la classe degli assiomi sia ricorsiva e che altrettanto lo siano le regole di inferenza. Poiché l'insieme dei teoremi, derivati con tali regole e da siffatti assiomi, è ricorsivamente enumerabile, il concetto di sistema formale viene a equivalere a quello di insieme ricorsivamente enumerabile.

Ma se la classe delle proposizioni vere W include quella delle proposizioni dimostrabili B, essendo quest'ultima semidecidibile, la W non è nemmeno tale.

Si rammenta come con Tarski per il concetto di verità di un sistema si ottengano, entro il sistema, solo definizioni parziali, al limite in numero infinito, senza che se ne garantisca, dal loro prodotto logico, la costruzione di una definizione inequivoca e complessiva. Per questo motivo e poiché esistono proposizioni indecidibili: "siamo portati a concludere perciò che, benché tutto ciò che è matematico sia formalizzabile, tuttavia è impossibile formalizzare tutta la matematica in un *unico* sistema formale"[115].

2. ***L'introduzione di elementi astratti***

Però l'incompletezza sintattica per Gödel non stabilisce "alcun confine ai poteri della ragione umana, ma piuttosto alle potenzialità del puro formalismo in matematica"[116]. Se si configura il concetto ultimato di sistema formale come frutto del programma hilbertiano, traducendo l'espressione 'puro formalismo' in manipolazione meccanica di simboli, le potenzialità del formalismo non vanno oltre quanto prescrive la loro stessa natura, che consiste nel: "rifiutare qualsiasi genere di oggetti astratti o infiniti, quali sono ad esempio i significati immediati dei simboli matematici"[117]. Dunque i più vasti

---

[115]K. Gödel, "*Besprechung von Rudolf Carnap 'Die Antinomien und die Unvollständigkeit der Mathematik', 1934*", *art. cit.* (trad. it., p. 290).

[116]K. Gödel, "*On undecidable propositions of formal mathematical systems*", *art. cit.* (trad. it., p. 275).

[117]K. Gödel a H. Wang, 7.12.67, in H. Wang, *op. cit.* (trad. it., p. 19).

poteri della ragione rimandano all'impiego dei concetti infinitari.

Scrive ancora Gödel: "Si noti che la questione se esistano procedure finite *non meccaniche*, non equivalenti ad alcun algoritmo, non ha nulla a che vedere con l'adeguatezza della definizione di 'sistema formale' e di 'procedura meccanica'". Precisando in nota[118] come con procedura non meccanica si intenda proprio quella che impiega termini astratti, sulla base del loro significato, Gödel tiene il discorso entro la polarità finitario (concreto) - infinitario (astratto).

Dal punto di vista dei risultati di incompletezza, poiché la proposizione che esprime la coerenza del sistema appartiene al novero di quelle indecidibili, si deduce l'insufficienza dei metodi strettamente finitari, per dimostrare la non contraddittorietà della teoria elementare dei numeri. Gödel rimanda, a titolo esemplificativo, al suo scritto del 1958 *Über eine bisher noch nicht benützte Erweiterung des finiten Standpunktes* in cui, per ottenere tale dimostrazione, introduce il concetto astratto di funzionale, estendendo ad esso lo schema di ricorsività primitiva.

Per concetti astratti Gödel intende quelli che "non riguardano proprietà o relazioni di *oggetti concreti* (per esempio

---

[118]K. Gödel, "*On undecidable propositions of formal mathematical systems*", *art. cit.* (trad. it., p. 275).

di combinazioni di segni), ma che fanno riferimento a *costrutti mentali* [Denkgebilde] (per esempio dimostrazioni, enunciati sensati e così via)" [119] con la clausola che nelle dimostrazioni l'elemento concettuale emerga non dalle proprietà combinatorie dei segni, ma dal loro senso.

Il concetto astratto introdotto da Gödel per dimostrare la non-contraddittorietà della teoria dei numeri è quello di "funzione calcolabile di tipo finito sui numeri naturali", i cui principi elementari di costruzione sono la ricorsione su variabili numeriche e la sostituzione di funzioni. La definizione di funzionale di tipo finito *t* è ottenuto considerando il tipo *t* come variabile.

Posto quindi che:

1) si intendano per 'funzione calcolabile di tipo 0' i numeri naturali;

---

[119] K. Gödel, "*Über eine bisher noch nicht benützte Erweiterung des finiten Standpunktes*", «Dialectica», 12 (1958), pp. 280-287 (trad. it. di E. Ballo, *Su un'estensione del punto di vista finitario fino a oggi non utilizzata*, in K. Gödel, *Opere*, vol. 2, *op. cit.*, pp. 245-250, p. 245).

La prospettiva di Gödel è, in un certo senso, rovesciata rispetto a quella di Gentzen: con Gödel uno schema finitario (ricorsione) definisce oggetti astratti (funzionali); con Gentzen un principio infinitario (induzione transfinita) ai applica a oggetti concreti (alberi di dimostrazioni).

2) si siano già compresi i concetti di 'funzione calcolabile di tipo t_0', 'funzione calcolabile di tipo t_1',...,'funzione calcolabile di tipo t_k' (con $k \geq 1$);

Gödel definisce una funzione calcolabile di tipo (t_0, t_1,...,t_k) come un'operazione che a ogni k-upla di funzioni calcolabili dei tipi t_1, t_2,..., t_k associa una funzione calcolabile di tipo t_0.

Allora la non-contraddittorietà dell'aritmetica classica è ridotta a quella del sistema T (o teoria dei funzionali computabili di tipo finito), grazie a una opportuna interpretazione dell'aritmetica intuizionista (cui lo stesso Gödel aveva mostrato, in *Zur intuitionistischen Arithmetik und Zahlentheorie,* 1933, come si potesse ricondurre l'aritmetica classica). A ogni formula F dell'aritmetica intuizionista si associa cioè nella teoria T una formula F' di genere:

$$(\exists y)(z)A(y,z,x)$$

con y e z successioni finite di variabili di un qualche tipo t, e A(y,z,x) espressione priva di quantificatori, ricavata per combinazione di equazioni di T. In tal caso una formula F' afferma che, per ogni scelta di funzionali z, esistono funzionali y che soddisfano A(y,z,x).

Il ricorso ai concetti astratti è motivato nel 1961 (*The modern development of the foundations of mathematics in the light of philosophy*) dalla necessità di assicurare alla matematica la certezza del suo sapere. Il fallimento del programma hilbertiano, palesa come a questo scopo non sopperisca la manipolazione dei simboli fisici; solo progredendo verso livelli di sempre maggiore astrazione, la matematica può sfuggire all'esito scettico che impregna lo spirito del tempo, e che la consegna al rango di sistema ipotetico.

Si deve dunque approfondire la conoscenza dei concetti astratti, precisandoli in se stessi e nei loro rapporti; tuttavia la chiarificazione degli elementi di significato non consiste, almeno non esclusivamente, nel fornire una definizione. Il metodo adatto, per comprendere a fondo questi concetti, è offerto forse dalla fenomenologia di Husserl; essa ci insegna a produrre in noi un nuovo, più elevato stato di coscienza, che trascende il senso comune e attinge ai fondamenti del pensiero.

3. *Incompletabilità della matematica*

Tuttavia si può dire che, al tempo stesso, l'assolutezza del concetto di Turing-computabile, con tutto ciò che comporta, rappresenti un reale limite per i poteri della ragione. Dato infatti il rapporto di inclusione $W \supset B$, se da un lato nell'estensione del sistema formale le proposizioni indecidibili vengono decise, altre se ne ripresentano nel sistema esteso, e tra esse ancora quella che ne afferma la consistenza.

D'altro lato se innegabilmente la dimostrabilità formale non costituisce analisi compiuta del concetto 'vero', questo si concretizza solo, e non oltre, come dimostrabile.

In Gödel 31 una forma di decisione avviene in virtù di considerazioni metamatematiche. La proposizione descritta in [*R(q);q*], che afferma di non possedere la proprietà 'Bew', realmente non la possiede. Si sa quindi che, in quanto indimostrabile, essa è vera.

Il rapporto tra indecidibile e vero risulta allora leggibile, più che nell'accentuazione di una spinta alla trascendenza da ogni formalismo, sotto l'insegna dell'incompletabilità della matematica.

In proposito commenta Kleene: "Non riusciremo mai a scrivere in forma completamente utilizzabile tutti i principi necessari per determinare la verità o falsità delle proposizioni di tale ambito, così che dopo tale elencazione tutto ciò che occorrerebbe sarebbe sufficiente pazienza nell'applicazione di tali principi."[120]

Nessuna meccanizzazione afferra appieno la stessa teoria elementare dei numeri; all'inventiva concettuale si dischiude uno spazio illimitato.

---

[120]Le parole di S. C. Kleene sono tratte dalla nota introduttiva a: K. Gödel, "*On undecidable propositions of the formal mathematical systems*", *art. cit.* (trad. it., p. 251).

Ma ogni concetto matematico, nel momento in cui arriva a limpida definizione, diviene formalizzabile. Nel passaggio dalla percezione confusa allo scandito, dall'impreciso al distinto, si plasma il conosciuto, palesando la sua traducibilità in veste rigorosa.

Se la mente è, come crede Gödel, incapace di formalizzare tutte le sue intuizioni, la parziale formalizzazione suscita, a sua volta, nuove intuizioni. Così si avvicina in modo asintotico a un'idea di verità, cha fa da sprone al pensiero, ma non ne spezza l'ordine del dimostrabile.

4. ***Oltre l'incomputabile?***

In *Systems of logic based on ordinals* del 1938, Turing immaginò un nuovo tipo di macchina, la O-macchina, capace di risolvere problemi incomputabili per una normale TM. Una O-macchina consta di una parte 'classica': una certa macchina di Turing, e una parte 'non classica', denominata oracolo. Questo si configura come un dispositivo aspecifico, o scatola nera, di cui si ignora la struttura interna.

Ogni oracolo aggiunge, a quelle di una normale macchina di Turing, un'operazione primitiva, la cui esecuzione dà in uscita i valori di alcune funzioni sui numeri naturali non Turing-computabili. L'oracolo interviene ogniqualvolta un programma apposito pone la O-macchina in uno stato particolare, o 'call state', che richiama l'avvio dell'operazione primitiva.

Turing prospetta una O-macchina particolare, che risolve il problema dell'arresto, semplicemente innestando su un interprete universale (TMU) quell'oracolo, la cui operazione associa alla funzione *halt* H(x,y):

a) il valore 1, quando per l'input y la x-esima macchina di Turing si ferma;

b) il valore 0, quando per l'input y la x-esima macchina di Turing non si ferma.

I tentativi di costruire ipercalcolatori, che superino la barriera del Turing-computabile non hanno finora dato frutti. Tuttavia Jack B. Copeland e Diane Proudfoot (1999) ritengono che, in linea di principio, si ravvisi un meccanismo idoneo a costituirsi quale oracolo una rete neurale, a numero illimitato di neuroni artificiali, e suscettibili di assumere qualsiasi configurazione per addestramento. Ciò però a patto che si desincronizzi l'attività dei neuroni.

Gli autori forniscono un esempio di come potrebbe funzionare un oracolo, per una ipotetica macchina, destinata a risolvere il problema dell'arresto. L'oracolo sia costituito da un dispositivo di misurazione perfetto e dal valore preciso τ di un numero irrazionale, immagazzinato in memoria come sequenza infinita di 0 e 1.

Se ogni programma è a sua volta rappresentabile come stringa di cifre in notazione binaria, equivalente di un numero intero, l'oracolo scorre da sinistra a destra, lungo la sequenza decimale di τ, per tanti posti quanti sono quelli indicati dal numero del programma.

Supponendo che il numero in questione sia 82, l'oracolo conterebbe quindi fino alla 82esima cifra di τ. Se tale cifra fosse 1, l'oracolo fornirebbe risposta affermativa al problema dell'arresto per il programma indicato dal numero 82; se la cifra trovata fosse invece 0, l'oracolo giungerebbe alla conclusione opposta[121].

5. ***La O-macchina e la conoscenza matematica***

Nel dibattito imperniato al paragone tra cervello e macchina di Turing, la O-macchina apporta una variante. Alla tesi: il cervello è - o è imitabile perfettamente da - una macchina di Turing (o viceversa non lo è), si aggiunge: il cervello è - o è imitabile perfettamente da - una O-macchina.

---

[121]B. J. Copeland, D. Proudfoot, "*Alan Turing e le reti neurali*", «Le Scienze», 370 (1999), pp. 94-101.

La O-macchina sembra rievocare, con la sua black box, una chiara ispirazione comportamentistica. Quando si conoscono gli input, inviati all'oracolo, e gli output emessi, la natura interna della black box è irrilevante ai fini della descrizione logica del funzionamento della O-macchina. Altrettanto lo è, per la determinazione del comportamento, l'indagine del mentale, quando si disponga di realtà osservabili quali gli stimoli e le risposte.

Ma, rispetto al tema del rapporto cervello-macchina, poiché la O-macchina pare avere nell'uomo il solo scopo di sottolineare generiche capacità ultracomputazionali, si potrebbe interpretare il ruolo della black box alla stregua di indefinito sostituto meccanico della entità 'mente', capace di assorbirne le prerogative e di evitarne al tempo stesso quell'alone di incorporeità e di indeterminismo, che sempre nel suo nome si ascolta riecheggiare.

Restando al più ristretto terreno di confronto della conoscenza matematica, se il cervello è, o assomiglia a, una O-macchina, a rigore non dovrebbero valere per esso le limitazioni messe in luce dai teoremi di Gödel.

Esisterà infatti una O-macchina, il cui oracolo risolva, per ogni formula ben formata A di un sistema formale per la teoria elementare dei numeri, il problema della attribuzione all'insieme dei teoremi o a quello dei non teoremi.

L'oracolo saprebbe quindi catturare, con una modalità di azione meccanica, la parte della classe W (proposizioni vere) che sopravvanza B (proposizioni dimostrabili).

Se però l'output dell'oracolo corrispondesse per esempio alla decisione che A appartiene all'insieme dei teoremi, si dovrebbe, a quel punto, poter possedere una dimostrazione di A nel sistema formale.

Ma se si tratta, a tutti gli effetti, di una decisione per A, proprio questo rende più difficile immaginare nella O-macchina un modello di come la comprensione matematica umana affronterebbe il non ricorsivo.

Il ragionamento metamatematico, con cui in Gödel 31 si decide della verità di [*R(q);q*], lascia infatti intatta la sua non assegnazione all'insieme dei teoremi o a quello dei non teoremi. Quindi si incontrerebbero nella O-macchina capacità computazionali non affini a quelle umane, o comunque più potenti.

6. *Incompletezza del sistema cervello*

Tra i poli individuati da cervello e macchina di Turing, funge da cerniera quell'idea di procedura meccanica che, nell'evolversi del concetto di sistema formale si travasa in quello di programma per calcolatore.

In *Le ragioni fisiche e le dimostrazioni matematiche*, Gabriele Lolli traccia le conseguenze lucide e estreme di una identificazione dei termini del confronto.

Se il cervello è (opera come) un sistema formale: "allora coincide con la propria metateoria, non c'è scampo, e la nozione di verità non è definibile nonostante il nostro uso intuitivo di essa".[122]

Il sistema formale cervello non è, non può essere, passibile di estensione; nessun ulteriore assioma lo può rafforzare. Perciò se ammettiamo la sua consistenza, la proposizione che la esprime resta assolutamente non decisa e non definita quanto al suo valore di verità: né vera né falsa. L'incompletezza delle teorie matematiche diventerebbe il riflesso di un'incompletezza profonda del sistema cervello.

Se dilatassimo questa conclusione, fino a scorgervi cifra di una incompletezza esistenziale, cardine dello stato imperfetto in cui versa, per la propria finitudine, l'uomo, si spingerebbe il discorso, in modo illecito, molto più in là di quanto esso di per sé non ammetta.

Ma Lolli si attiene con sobrietà entro i confini della logica. Il corollario che subito egli, come già Gödel, ne trae è che lo sviluppo della matematica non avvenga in un singolo

---

[122]G. Lolli, *Le ragioni fisiche e le dimostrazioni matematiche*, Mulino, Bologna, 1985, p. 274.

sistema prefissato, ma in sistemi molteplici e progressivamente più forti. Non ha risposta meccanica la domanda di come si troveranno tali sistemi; alla logica non compete questa previsione, perché quei nuovi assiomi, che essa può formulare, compendiano le già avvenute acquisizioni della scienza. Ciò che alla logica spetta invece è organizzare con le proprie forme il sapere, riflettendo sull'ordinamento via via elaborato. Due modi soli dell'organizzazione sembrano a Lolli individuabili con certezza: il primo è offerto dal livello del decidibile, cui fanno capo diverse teorie algebriche e la geometria euclidea; il secondo ruota attorno al livello del semidecidibile, in cui ricadono tutte le teorie che contengono l'aritmetica.

L'aspettativa di un terzo livello che, corrispondendo alla nozione di verità, dissolverebbe i fenomeni di incompletezza, non rappresenta per Lolli altro che lo strascico di un'illusione pregödeliana. Se pure sembra che un concetto astratto quale quello di verità si sottragga ai vincoli della formalizzazione, in matematica esso non è che un fatto dimostrato, preso nel modello delle teorie assiomatiche.

CAPITOLO 6

IL TEOREMA DI GÖDEL COME SOSTEGNO AL MECCANICISMO

1. *Hardware/software*

Con l'imporsi della nozione di programma per calcolatore, i campi del confronto tra cervello umano e cervello elettronico sono ridescritti secondo la dicotomia di hardware e software.

Più esattamente il sistema formato dall'unione di hardware e software struttura l'entità del cervello, sia umano che elettronico, in modo che la componente fisica, o substrato materiale per i processi mentali, si identifichi con la parte hard del sistema, mentre con la parte soft si interpreta la mente stessa, quale insieme delle funzioni cognitive, prodotto superiore dell'attività cerebrale.

I fautori di un'identità di principio, o per lo meno di un'analogia stretta tra cervello umano e cervello elettronico, enfatizzano l'incidenza del fattore soft, consegnando, rispetto al confronto, all'elemento hard una valenza aspecifica. Si intende che, ai fini del risultato dell'esecuzione del programma, le peculiarità fisiche, neuroni o circuiti elettrici, siano, al limite, irrilevanti. Se quindi un medesimo programma fosse eseguito tanto da un calcolatore quanto da un cervello umano, produrrebbe i medesimi effetti. Nella forma più estrema, ciò comporta che se un programma ideale contenesse la descrizione di una mente, la sua esecuzione determinerebbe autentici stati mentali.

Nonostante, nel caso particolare dell'uomo, il cervello generi il proprio programma, laddove sul calcolatore il programma viene importato dall'esterno, appare chiaro che, se il mentale rientra nella categoria del software, allora è imitabile da qualunque cosa ne istanzi la descrizione. Inoltre una imitazione perfetta potrebbe non più distinguersi dall'imitato e, come in una sorta di duplicazione cellulare, diverrebbe tangibile presenza del mentale. È implicito in tutto ciò che le funzioni cognitive di ordine superiore, o l'insieme di ciò che chiamiamo l'effetto-mente, sia catturabile mediante un modello computazionale. D'altro canto, i fautori della differenza tra cervello umano e cervello elettronico intravedono nella mente, e più ancora nella intenzionalità della coscienza, quel tratto distintivo, su cui grava tutta la giustificazione della superiorità umana. In tal caso la componente hard porta il peso di motivare questa distinzione: solo quella materia specifica, di cui si forgia un cervello umano, possiede proprietà fisico-chimiche capaci di dar luogo a una mente cosciente. Assumendo quest'ultima posizione, si può ritenere, per esempio con John R. Searle, che l'azione fisica del cervello nella sua globalità risulti imitabile, ma l'imitazione, per quanto meticolosa, non giungerà mai a evocare consapevolezza[123]. Poiché un

---

[123]John R. Searle illustra le sue convinzioni attraverso il suggestivo esperimento mentale della 'stanza cinese'. Egli immagina che un uomo, di madrelingua inglese e privo di ogni conoscenza della lingua cinese, riceva, attraverso una fessura praticata nella stanza in cui è chiuso, fogli ricoperti di ideogrammi (input) e, con essi, un insieme di regole (programma), ora in inglese, per correlare gli ideogrammi tra loro. Alcune sequenze di ideogrammi rappresentano brevi storie, altre costituiscono domande volte a testare la comprensione di quelle medesime storie; ma i simboli cinesi sono identificati dall'uomo solo attraverso la loro forma. Grazie alle regole in inglese, di cui ha comprensione, egli riesce tuttavia a "rispondere" con ideogrammi (output), in maniera che apparirebbe sensata e corretta a un lettore cinese. E' chiaro quindi che, per quanto input e output siano identici a quelli di un individuo di madrelingua cinese, l'uomo nella stanza non possiede né raggiunge, eseguendo le regole, alcuna comprensione degli ideogrammi. Searle ne conclude che: 1) l'istanziazione di un programma appropriato non è, non può essere, condizione sufficiente a produrre intenzionalità. Il programma è infatti formale, mentre uno stato intenzionale è definito dal suo contenuto. 2) Simulare con successo un fenomeno non significa anche ricrearlo. "A nessuno verrebbe in mente che si possano produrre latte e zucchero eseguendo una simulazione al calcolatore delle sequenze formali della lattazione e della fotosintesi." Se le entrate e le uscite manifeste di un calcolatore, opportunamente programmato, possono imitare perfettamente quelle di un essere umano pensante, ciò non implica che nel calcolatore sorgano genuini

programma prospetta un modello del tutto formale, la simulazione che con esso si perpetra ha tratti manieristici e, come una veste vuota, non lascia emergere il simbolico. Si può altrimenti sostenere, per esempio con Roger Penrose, che non tutto dell'azione fisica del cervello sia simulabile, ma che si trovi, già nel suo funzionamento, il principio del non algoritmico. Così alla macchina si destina da imitare quel che di computabile si scopra nel pensiero, ma l'intenzionale le si sottrae persino e irrimediabilmente nella sua parvenza

---

stati mentali. [J. R. Searle, "*Minds, Brains and Programs*", «The Behavioural and Brain Sciences», Cambridge University Press, 3 (1980) (trad. it. di G. Longo, *Menti, cervelli e programmi* in D. R. Hofstadter, D. C. Dennett, *L'io della mente*, Adelphi, Milano, 1985, pp. 341-360, p. 359).] Tuttavia se si riproducesse in una macchina il vero fattore causale del pensiero, che per Searle dipende, in modo essenziale, dalle particolarità biologiche del cervello umano, questa macchina realmente penserebbe. Searle si spinge a dire che riusciremmo forse a generare intenzionalità con principi chimici diversi da quelli del nostro organismo; indebolendo così proprio il richiamo alle "cause naturali del tutto specifiche" della mente, Searle offusca ancora la chiarezza del suo argomento asserendo, con sconcertante esaltazione: "poiché tutte le cose sono calcolatori digitali, anche il cervello lo è" (*ivi*, p. 360). A questo punto, anche ammettendo che l'istanziazione del programma non sia, da sé sola, causa sufficiente del pensiero, non si può più escludere che condizioni chimico-fisiche idonee si trovino già nei calcolatori costruiti dall'uomo, a meno che non si sappia, in modo esplicito, che queste condizioni osteggiano la possibilità di una mente.

esteriore. Ma sia che si creda ai poteri dell'istanziazione del programma, sia che ci si affidi all'unicità della biochimica cerebrale umana, alla mente si avoca sempre il rango del causato. È curioso infine constatare che due autori contemporanei, molto distanti tra loro, come Douglas R. Hofstadter e Roger Penrose, si servano entrambi del teorema di Gödel, con finalità opposte.

Dove il primo se ne avvale per provare che la consapevolezza del pensiero non invalida la meta dell'intelligenza artificiale, il secondo se ne arma per rimarcare l'inadeguatezza del paradigma del computabile[124].

---

[124]L'antesignano dell'argomento di Penrose si trova in Lucas: "Gödel's theorem seems to me to prove that Mechanism is false, that is, that minds cannot be explained as machines". Se infatti l'essenza di una macchina cibernetica si rivela essere "a concrete instantiation of a formal system", per ogni macchina "consistent and capable of doing simple arithmetic, there is a formula which it is incapable of producing as being true". Poiché noi constatiamo che tale formula è vera, ne segue che "no machine can be a complete or adequate model of the mind, that minds are essentially different from machines". [J. R. Lucas, "*Minds, Machines and Gödel*", «Philosophy», 36 (1961), pp. 112-127 (<http://users.ox.ac.uk/~jrlucas/mmg.html> p. 1)]. All'osservazione che il teorema di Gödel si applica solo ai sistemi formali consistenti, Lucas replica riducendo l'ovvia possibilità che la mente umana sia invece inconsistente alla dimensione dell'errore occasionale ("Our inconsistencies are mistakes... They correspond to the occasional malfunctioning of a machine"). Nello stesso modo in *Ombre della mente*,

Penrose risolve l'ipotesi che alla base della comprensione matematica stia un sistema formale F non valido: "I matematici commettono certamente sbagli nei loro ragionamenti... Molto più importante è il fatto che questi errori sono *correggibili*" [R. Penrose, *Shadows of the mind: a search for the missing science of consciousness*, Oxford University Press, Oxford, 1994 (trad. it. di E. Diana, *Ombre della mente*, Rizzoli, Milano, 1996, p. 181)]. La riconoscibilità dell'errore permetterebbe di escludere che la comprensione matematica avvenga davvero secondo le linee di un sistema formale non coerente, o, con le parole di Lucas, che le inconsistenze costituiscano il normale schema di operazioni della macchina-uomo. In quest'ultimo caso infatti: "we should remain content with our inconsistencies, and would happily affirm both halves of a contradiction". E' interessante la conclusione che Lucas ne trae: "A fallible but self-correcting machine would still be subject to Gödel's results. Only a fundamentally inconsistent machine would escape" (*ivi* p. 10). Cioè, assodato che noi *non* siamo macchine fondamentalmente inconsistenti (quindi una macchina che fosse tale, pur sfuggendo al teorema di Gödel, non rappresenterebbe un modello adeguato della mente umana), un sistema artificiale fallibile e capace di autocorrezione (tanto quanto ne è capace l'uomo) ripristinerebbe, proprio correggendosi, le condizioni di coerenza che lo vincolano a non poter produrre "come vera" la formula gödeliana.

L'infallibilità sarebbe invece, nell'immaginario comune, il segno del meccanico: la macchina non può fare errori, dal momento che non può deviare dalle modalità della sua programmazione; il che è spesso un modo più blando per asserire che una macchina non gode del libero arbitrio. In *Computing Machinery and Intelligence* Turing osserva invece che solo le macchine astratte, oggetti matematici e non fisici, sono incapaci di errori. Di fatto non si possono escludere né errori di funzionamento,

2. *La suggestione dell'autoreferenza*

In *The Mind's I* Hofstadter considera il teorema di Gödel "non un argomento contro il meccanicismo, ma un esempio dell'anello primario che sembra in qualche modo profondamente intessuto nell'ordito della coscienza"[125]. Hofstadter ipotizza che il senso del sé, o coscienza come capacità di autopensarsi, scaturisce da un meccanismo di retroazione tra livelli differenti dell'attività cerebrale.

---

né errori di conclusione. La caratteristica dell'intelligenza sta "nello staccarsi dal comportamento completamente prevedibile implicato nel calcolo, ma di poco, in modo da non determinare un comportamento casuale o dei giri viziosi" [A. M. Turing, *art. cit.* (trad. it., p. 182)].

Per conseguire la realizzazione di una macchina intelligente, Turing propone quindi di elaborare un "programma a livello infantile", che simuli la mente non di un adulto ma di un bambino. Se la macchina-bambino fosse sottoposta a addestramento, l'educazione muterebbe parte delle sue regole iniziali; in tal modo ciò che accade all'interno della macchina non potrebbe che rimanere in gran parte ignoto. Poiché i processi acquisiti non assicurano al cento per cento il risultato, la macchina divenuta adulta avrebbe la stessa capacità dell'uomo di commettere errori e, in senso positivo, l'errore sarebbe adesso segno della sua intelligenza.

[125]D. R. Hofstadter, D. C. Dennett, *The Mind's I,* Basic Books, New York, 1981 (trad. it. di G. Longo, *L'io della mente*, Adelphi,Milano, 1985, p. 278).

Individuando la componente hardware nel livello basso, o neurofisiologico, e la componente software nel livello alto, o simbolico, l'autore postula una doppia causazione, quella che, diretta dal basso all'alto, per prima traduce l'attività neuronica in simboli e quella in cui il pensiero, di ritorno, riprogramma il substrato fisico.

L'ipotesi esplicativa di Hofstadter trae ispirazione dalla caratteristica più palese della coscienza: il suo pensarsi, il suo riferirsi a sé. Dalla chiusura dell'anello del riflettersi, si passa a evidenziare, nel meccanismo della retroazione, la struttura autoreferente: di un'autoreferenzialità cerebrale sarebbe specchio la coscienza. Hofstadter non chiarisce se la coscienza retroagisca a sua volta su quel sistema di retroazione che la determina, o se qui si tronchi la potestà di ricadere sull'inizio correggendolo. Sembrerebbe doversi optare per questo secondo ramo dell'alternativa, nonostante la coscienza si situi in quello stesso simbolico, che riprogramma il livello basso. Ma vi si situa come punto di vista del sistema sul sistema, con ciò erigendosi quale fondamento della limitatezza umana e del senso dell'io.

"Ciascuno di noi è prigioniero all'interno di un possente sistema dotato di un punto di vista unico: questo potere è anche il garante della limitatezza. E questa vulnerabilità, questa autocircolarità, potrebbe anche essere la fonte dell'inestirpabile senso dell'io"[126].

Sfruttando la suggestione dell'autoreferenza, Hofstadter richiama l'enunciato indecidibile di Gödel a costituirsi quale supporto per la propria ipotesi circa la natura della coscienza. L'attraversamento di livelli che forgia la "nostra quasi inanalizzabile sensazione del sé" è paragonato a quello che in un sistema formale porta a dimostrare l'incompletezza sintattica. Così in *Gödel, Escher, Bach*: "Questo atto di traduzione dallo hardware fisico di basso livello al software psicologico di alto livello è analogo alla traduzione di enunciati aritmetici in enunciati metamatematici.

Si ricordi che l'attraversamento dei livelli che ha luogo esattamente in questo atto di traduzione è ciò che crea l'incompletezza di Gödel"[127].

Proprio qui dovrebbe trovarsi il fulcro di un uso meccanicistico del teorema di Gödel. Hofstadter sottolinea come la non teorematicità dell'enunciato indecidibile riceva una spiegazione, allorché si guardi non al livello aritmetico e

---

[126]*Ivi*, p. 273.

[127]D. R. Hofstadter, *Gödel, Escher, Bach*, Basic Books, New York, 1979 (trad. it. di B. Veit, G. Trautteur, S. Termini, B. Garofalo, *Gödel, Escher, Bach*, Adelphi, Milano, 1984, p. 124).

a quello metamatematico separatamente presi, ma al loro rispecchiamento. Anche il mistero della coscienza, da sempre baluardo dello spiritualismo, come fenomeno emergente, e incomprensibile con la sola fisiologia, potrebbe sciogliersi, se proiettato in termini di una risonanza tra l'hardware fisico e il software psicologico dei sistemi mentali.

3. ***Ubiquità dell'incompletezza***

Tuttavia tra l'incompletezza sintattica per i sistemi formali e il senso umano dell'io il salto rimane grande. L'insistenza sull'autoreferenzialità non offre un autentico aiuto a colmarlo poiché, come Hofstadter stesso non si stanca di rilevare, miriadi di fenomeni ci consegnano esempi di strutture a anello. Spaziando dall'arte alla musica al DNA, Hofstadter dilata l'analogia iniziale, fino a conferirle sapore cosmico. Nel quadro dentro al quadro, tra Escher o Magritte, nell'anello delle proteine o nella vita di un formicaio, egli percepisce nodi gödeliani.

Ovunque indovina parabole del teorema di incompletezza, che così diviene chiave di lettura multiuso e generica, al punto da giustificare l'ironico commento di J.-Y. Girard (*Le champ du signe ou la faillite du réductionnisme*), che nel libro scorge i sintomi di una 'gödelite' acuta.

Questa onnivora prospettiva sortisce l'effetto di indebolire, più che di rafforzare, il nesso tra sistema formale e sistema mentale. È persino troppo facile protrarre, con Hofstadter, il gioco dei paragoni, fino a ricostituire con essi un tessuto che si adatta all'intero universo; più difficile, nell'infinita quantità degli aspetti per cui sempre si possa confrontare ogni cosa con qualunque altra, afferrare un fattore di comunanza non effimera. Ma la partecipazione che correla, nel corso delle 800 pagine di *Gödel*, *Escher*, *Bach*, alla logica e all'intelligenza artificiale i disparati segmenti del sapere e dell'esistente, scorre epidermica. Dato che l'attraversamento dei livelli si rivela molto, troppo diffuso, ci si chiede infine perché una coscienza, se di quell'attraversamento è il frutto, sorga soltanto dal regno biologico e non, per esempio, dall'Offerta musicale di Bach.

Forse la caratteristica dell'autoreferenza, pur se necessaria, non basta a motivarne la genesi, o forse, ancora, non bisognerebbe omettere la differenza che intercorre tra autoreferenza e retroazione. La struttura circolare le imparenta, ma in un modo esteriore. Anche la matrigna che nella favola di Biancaneve interroga lo specchio manifesta il cerchio del rimando a sé; ma ha davvero un senso o una qualche utilità questa esasperata e baldanzosa caccia all'ennesimo "strano anello"? Nell'enunciato indecidibile si realizza senz'altro la costruzione autoreferenziale, eppure non c'è retroazione. Il livello metamatematico non ritorna a correggere quello aritmetico, né il sistema formale acquisisce consapevolezza di sé, in virtù di una proposizione che affermi la propria non dimostrabilità.

4. ***Macchine coscienti***

Parrebbe adesso quasi naturale domandarsi come mai Hofstadter privilegi, tra tutte le situazioni di autoreferenza, quella gödeliana. La risposta non può non palesare come, al di là dell'intento dichiarato: "si usa il teorema di Gödel come una metafora o come una fonte di ispirazione"[128], egli cerchi, nell'enunciato indecidibile, qualcosa di più di un sostegno per analogia alla propria ipotesi sull'enigma della coscienza.

La sua affinità all'anello dell'autopensarsi dovrebbe suggerire per il teorema di Gödel il ruolo di trait d'union tra una comprensione scientifica della mente umana e l'obiettivo di riprodurre mediante programmi prestazioni intelligenti. Si tratterebbe infatti di trasformare quello che costituisce un limite per un sistema formale: l'esistenza di una proposizione indecidibile, in un punto di forza per un programma: la sua autoreferenza cosciente.

Le linee del ragionamento sembrano così succedersi: a) l'anello della coscienza è generato dalla retroazione tra

---

[128]*Ivi*, p. 754.

livelli cerebrali diversi (neurologico e simbolico); b) la proposizione indecidibile rappresenta un caso di struttura autoreferente entro un sistema formale, derivata da traduzione tra livelli diversi (aritmetico e metamatematico); c) una coscienza artificiale potrebbe essere prodotta per retroazione di un programma sull'hardware.

Naturalmente quanto indicato in **a**, si sostiene soltanto a patto che il simbolico, prima di retroagire sull'hardware e rispecchiare questa retroazione in una coscienza, si spieghi senza scarti come riflesso diretto dei moti neuronici. Il punto **c** rappresenta la trasposizione, sul piano dell'intelligenza artificiale, dell'ipotesi avanzata in **a**. Rispetto a tale trasposizione, **b** risulta quindi superflua, ma non per questo immotivata. La ragione sottesa alla scelta di **b** sta nella speranza che, se in un sistema formale, operando in modo sintattico, il rispecchiamento autoreferenziale tra i livelli produce, in una proposizione, l'emergenza del significato, allora la teoria dell'intelligenza artificiale dovrebbe saper ricostruire l'intenzionalità della coscienza, grazie a una opportuna programmazione. L'accostamento non è comunque immune da problemi. Infatti per quanto concerne il punto **b**: la traduzione dal livello aritmetico a quello metamatematico rimane interna al perimetro definito dal concetto di sistema formale, che corrisponderebbe, dalla prospettiva di **c**, alla categoria del software. Per quanto attiene a **c**, si richiede invece un attraversamento con retroazione tra i compartimenti esterni l'uno all'altro del software e dell'hardware.

Ma Hofstadter traspone al teorema di Gödel, quasi con le stesse parole, quanto scrive della coscienza come punto di vista del sistema su se stesso. "Il teorema di Gödel deriva da una conseguenza di questo fatto generale: sono prigioniero dentro di me e perciò non posso vedere come gli altri sistemi mi vedono"[129]. A parte l'effetto un po' plateale di questa affermazione, essa implica che, per il sistema mentale, l'enunciato indecidibile detti il modo dell'autopensarsi e, in esso, il limite di ciò cui l'autocoscienza attinge, nel tentativo di penetrare la propria verità. Questa conclusione sarebbe accettabile se soltanto si fosse già dimostrato l'assunto basilare di Hofstadter e dell'intelligenza artificiale: l'identità di mente e programma. Poiché tale assunto è invece quanto all'intelligenza artificiale spetta di provare, fino a che non lo si provi, asserire che il teorema di Gödel deriva dall'essere la mia mente prigioniera dei propri confini algoritmici costituisce un abuso. Nel frattempo la ridda degli strani anelli scatena estreme associazioni, tanto che persino la pazzia diventa per Hofstadter un problema gödeliano.

---

[129]D. R. Hofstadter, D. C. Dennett,, *op. cit.* (trad. it., p. 402).

5. *Autoreferenza patologica*

Il vortice dell'interrogarsi sulla propria salute mentale intrappola la mente in un gorgo via via più fitto di profezie che si autoavverano. Ammettendo che un pazzo interpreti il mondo secondo una logica, dotata di una peculiare coerenza, e che ognuno disponga solamente della propria logica, per giudicare... la propria logica, in che modo si potrà sapere se essa sia peculiare o meno? Hofstadter paragona questa semplicistica immagine dell'ottenebrarsi della mente al secondo teorema di Gödel, "per il quale le uniche versioni dell'aritmetica formalizzata in grado di asserire la propria non-contraddittorietà sono contraddittorie"[130].

In *The Mind's I* invece, Hofstadter collega l'insano vortice, creato dal ripiegarsi del pensiero su se stesso, al cortocircuito del paradosso logico, ricalcato dal primo teorema di incompletezza sintattica.

Lo spunto per questo accostamento è offerto da un racconto di Christopher Cherniak, *The Riddle of the Universe and its Solution,* in cui si afferma che, se la mente ha natura algoritmica, esisterà un programma, una sorta di immane parola, capace di infondere anche a una macchina il pensiero; per converso, ancora una parola, negazione della

[130]D. R. Hofstadter, *op. cit.* (trad. it., p. 755).

prima, ne irretirà, fino a distruggerlo, l'effetto. Cherniak designa questa parola: 'enunciato di Gödel per la macchina di Turing umana', il cui potere soggiogante proviene da un'autoreferenza in stile con il paradosso del mentitore.

Sulla falsariga di Hofstadter, in *Mind versus Gödel* Damjan Bojadziev si esercita a sua volta con il testo di Cherniak: "The Gödel sentence for a human could work like a recipe for self-destruction, activated in the process of its comprehension or articulation ('self-convulsive', 'self-asphyxiative', 'self-ignitive',...). A more elaborate interpretation, as the paralysing effect of some self-referential cognitive structure, is presented in Cherniak's story". Bojadziev prosegue, constatando che la stessa storia della logica annovera "cases of multiple hospitalization (Cantor, Gödel). Of course, this is all anecdotal, speculative and inconclusive"[131]. Certo che tutto ciò è molto inconclusivo. Stupisce la leggerezza acritica di queste affermazioni; né si comprende che nesso vi sia tra gli accessi depressivi di un logico e gli scopi dell'intelligenza artificiale. Bojadziev sostiene che il divario apparente tra menti e macchine sarà colmato grazie alla vulnerabilità delle menti umane ai paradossi dell'autoreferenza; ma qui, più che nello

[131]D. Bojadziev, *Mind versus Gödel*, in M. Gams, M. Paprzycki, X. Wu, (a cura di), *Mind Versus Computer*, IOS Press, 1997, pp. 202-210 (<http://nl.ijs.si/~damjan/g-m-c.html> p. 6).

speculativo, si sconfina nell'arbitrario: Bojadziev non chiarisce in alcun modo come questo aspetto delle menti, il loro punto critico tra sanità e circolo vizioso, avvicinerebbe all'obiettivo di un'intelligenza meccanica. Infine: "The self-reference in Gödel's sentence can be compared to a formal way of self-recognition in the mirror"[132].

Raccogliendo la lezione di Hofstadter, Bojadziev accosta lo sviluppo dell'abilità nel riconoscere la propria immagine allo specchio, come sintomo della acquisita autoconsapevolezza nel bambino, all'anello della coscienza.

Da qui risale al metaforico riflettersi delle proposizioni metamatematiche nello specchio offerto dall'aritmetizzazione (numerical mirror). Bojadziev scandisce la sua chiusa: "Gödel's theorems do not prevent the construction of formal models of the mind, but support the conception of the mind as something which has a special relation to itself, marked by specific limitations"[133]. In perfetto unisono con il tema di Hofstadter, il suo appello allo scritto del 1931 appare ancora meno motivato.

---

[132]*Ivi*, p. 7.

[133]*Ibidem*.

CAPITOLO 7

IL TEOREMA DI GÖDEL CONTRO IL MECCANICISMO

1. *Penrose e il non computabile*

Agli antipodi per Penrose l'intelligenza, come pensiero consapevole, sfugge alla presa del computo. Penrose ritiene che l'azione fisica del cervello susciti la consapevolezza; pertanto già in tale azione deve trovarsi un ingrediente al di là dell'algoritmico, che ne vanifichi qualsiasi tentativo di simulazione computazionale.

Ma la natura della coscienza non si sottrae per questo a ogni tipo di spiegazione scientifica. Un chiarimento a ciò che di essa è per noi ancora un mistero dovrebbe infatti provenire, secondo Penrose, da una più approfondita conoscenza delle leggi fisiche e, in particolare, dal sorgere di una nuova teoria, capace di coniugare la meccanica quantistica con il fenomeno della gravità. La presenza del non computabile potrebbe essere rivelata insita nel cuore della materia.

Penrose suggerisce quindi di ricercare le basi fisiche della mente, contro l'opinione comune che affida le funzioni cognitive superiori alla corteccia, in uno strato subneurale, dove si riesca a individuare l'esercizio di un'attività quantistica. Egli propone come candidati per questo ruolo i microtuboli, strutture interne a ogni neurone, e capaci forse di influenzare, in modo non esclusivamente computazionale, l'intensità delle sinapsi.

Penrose riprende la congettura di Stuart R. Hameroff (1987), secondo cui i microtuboli si comporterebbero come "automi cellulari", in grado di inviare segnali grazie alle molecole di tubolina, ognuna delle quali può assumere almeno due conformazioni, rappresentabili, per esempio, dallo zero e dall'uno di un computer digitale. Penrose suggerisce che all'attività dell'automa cellulare di Hameroff si combinino oscillazioni quantistiche coerenti. L'isolamento necessario sarebbe garantito dalla forma tubolare e dall'acqua ordinata che circonda i microtuboli.

Come prova che il fenomeno della coscienza sia collegato ai microtuboli, Penrose sottopone quindi all'attenzione dei lettori la teoria di S. R. Hameroff e R. C. Watt sugli effetti degli anestetici generali. Questi esplicherebbero la loro azione grazie alla forza di van der Waals, attrazione debole tra molecole con momento di dipolo elettrico. Le interferenze della forza dovrebbero bloccare la normale capacità della tubolina di passare da una conformazione all'altra; ma ciò richiede l'ulteriore premessa, che al centro di ogni dimero di tubolina si trovi un elettrone, responsabile, con la sua posizione, della forma del momento di dipolo del dimero.

Non sembrano esistere chiare evidenze sperimentali, che consentano di suffragare le intuizioni di Penrose circa l'importanza dei microtuboli per la coscienza[134].

Ma al di là di questa speculazione, in *Ombre della mente* Penrose dichiara: "io uso l'argomento di Gödel per dimostrare che la comprensione umana non può essere un'attività algoritmica; e, se possiamo dimostrare *questa* cosa

---

[134]Tuttavia l'idea che il cervello sia un computer quantistico stimola oggi a ricercare un punto di incontro tra scienza dei calcolatori e meccanica quantistica. Si veda in proposito M. Rasetti, "*Dal bit al qu-bit: per sfidare la complessità*", «Le Scienze», 385 (2000), pp. 82-88, dove si descrive la generalizzazione quantistica della macchina di Turing classica. Una macchina di Turing quantistica deve saper computare tutte le funzioni computabili mediante una normale TM; ma essa dispone di caratteristiche originali, che non trovano riscontro nel modello classico, quali: il parallelismo, invece della serialità, nell'esecuzione degli algoritmi, la reversibilità intrinseca di ogni operazione, la sovrapposizione degli stati, il volume del cui spazio cresce in modo esponenziale. L'interazione di ogni sistema quantistico con l'ambiente circostante (per il principio di indeterminazione di Heisenberg) pone comunque il problema tecnico di come preservare la correttezza dell'informazione, e suggerisce che, come supporto fisico per questo nuovo progetto, occorrano strutture isolate. Rasetti ipotizza l'idoneità per questa funzione delle giunzioni di Josephson, in cui fra due tratti superconduttori scorre uno strato sottile di materiale isolante.

in qualche contesto specifico, ciò sarà sufficiente"[135]. Il contesto scelto è correttamente quello matematico, ma Penrose, basandosi su quella versione dell'incompletezza offerta dall'indecidibilità del problema dell'arresto, elabora un proprio argomento gödeliano.

2. *L'argomento gödeliano*

Egli suppone di disporre di un procedimento computazionale A, analogo di una macchina di Turing universale, il cui input sia costituito da una qualsivoglia coppia di numeri (p,n), tale che, se A(p,n) si arresta, il p-esimo computo $C_p(n)$, applicato a n, non si arresta. $C_p(n)$ rappresenta l'analogo di una $TM_p(n)$, p-esima macchina di Turing, operante su input n. Come accade quindi nella tradizionale versione del problema dell'arresto, occorre immaginare di disporre di un elenco, ordinato e completo, di tutti i possibili computi C(n).

Penrose interpreta A come la somma di tutti i procedimenti algoritmici, di riconosciuta validità, usati dai matematici per accertare se un certo $C_p(n)$ non si arresta.

La clausola della riconosciuta validità comporta che il matematico sappia, in modo esplicito e cosciente, che A è valido, cioè che, ogniqualvolta A fornirà una risposta, tale

---

[135]R. Penrose, *Shadows of the mind*, *op. cit.* (trad. it., p. 76).

risposta sarà corretta: quindi se A(p,n) si arresta, realmente $C_p(n)$ non si arresta.

Considerando il valore p = n, segue che:

se A(n,n) si arresta, Cn(n) non si arresta.

Poiché A(n,n) dipende ora dal solo numero n, esso appartiene alla famiglia dei computi C(n); sia A(n,n) = $C_k(n)$.

Quando n=k, risulta che:

se $C_k(k)$ si arresta, allora $C_k(k)$ non si arresta.

Per diagonalizzazione si realizza dunque uno stato, in cui il procedimento A non riesce ad accertare che il particolare computo $C_k(k)$ non si arresta; il matematico riconosce invece che, se A è valido, $C_k(k)$ davvero non si arresta. Se però il matematico sa qualcosa, cui A non è in grado di pervenire, come insieme degli algoritmi consapevolmente validi, A non esaurisce ogni forma di comprensione matematica per stabilire la verità di: '$C_k(k)$ non termina'.

Generalizzando, Penrose trae a conclusione l'enunciato G: "I matematici umani non stanno usando un algoritmo conoscibilmente valido per accertare la verità matematica"[136].

[136]*Ivi*, p. 103.

3. *Variante dell'argomento gödeliano*

Secondo Penrose l'argomento calza anche se si prenda, come modello della comprensione matematica umana, una O-macchina.

Elencando le macchine oracolo esattamente come le comuni macchine di Turing, e interpretando A come l'insieme di tutti gli algoritmi oracolo disponibili all'intuizione umana, per decidere con certezza se una qualunque $O_p(n)$, p-esima macchina oracolo, applicata a n, si arresti o meno, Penrose deduce la proposizione G': "I matematici umani non stanno usando un algoritmo oracolo, conoscibilmente valido, per accertare la verità matematica".[137]

Il processo si ripete immutato, anche se si considerino ordini di O-macchine superiori al primo, dove ogni ordine è dettato dal grado di difficoltà della classe dei problemi risolti. Si dilata quindi la precedente proposizione in G": "I matematici umani non stanno usando un algoritmo oracolo di ordine α, conoscibilmente valido, per accertare la verità matematica, qualunque sia l'ordinale computabile α"[138]. Ciò però non implica per Penrose che l'intuizione umana debba avere tale potenza, da risolvere ogni caso del

---

[137] *Ivi*, p. 463.

[138] *ibidem.*

problema dell'arresto e eguagliare qualsiasi O-macchina. Né si richiede che le leggi di una teoria fisica per la mente si pongano, di necessità, oltre ogni livello del computabile mediante macchine oracolo; piuttosto occorre che tali leggi siano di natura qualitativamente diversa.

4. *Due critiche all'argomento Gödeliano*

4.a. *Copeland: sulle O-macchine*

In *Turing's O-machines, Searle, Penrose and the brain*[139], Copeland osserva che, individuando con il grado 0 la classe dei problemi risolti da una normale macchina di Turing, e con il grado 1 la classe dei problemi risolti da una O-macchina del primo ordine, esistono, tra 0 e 1, gradi intermedi per classi di problemi troppo difficili per una macchina di Turing e non abbastanza difficili per una O-macchina del primo ordine.

Le leggi di una fisica della mente avrebbero forse complessità conforme a uno di questi gradi intermedi. Ma designando con *i* l'oracolo per una classe di problemi, situata in uno qualsiasi dei gradi compresi tra 0 e 1, e con I le macchine il cui oracolo sia i, l'argomento di Penrose si applica ora sulle I-macchine. Perciò i matematici non

[139]J. B. Copeland, "*Turing's O-machines, Searle, Penrose and the brain*", «Analysis», 58, n. 2, 1998.

ricorrono neppure a una procedura conoscibilmente valida, eseguibile da una I-macchina. Ma ammettendo che *i* sia stata scelta arbitrariamente, quale tipo di procedura conoscibile userebbero i matematici? Sembrerebbe dunque che nessuno degli innumerevoli livelli intermedi servano a configurare una fisica della mente. Tuttavia l'osservazione di Copeland suona, essa per prima, superflua; infatti: se l'argomento di Penrose è corretto, allora non può che ripetersi pedissequamente, per ognuno degli immaginabili infiniti gradi; se l'argomento non è corretto, allora deve cadere già di fronte al grado zero delle macchine di Turing.

4.b. ***Feferman: sul platonismo***

Tornando adesso alla conclusione da Penrose espressa in G, essa andrebbe letta in senso forte, poiché per tale autore la mente vive una sorta di contatto con il mondo delle verità matematiche assolute; accertarle è 'vederle' con l'intuizione. Alla luce di questo platonismo, secondo Solomon Feferman (*Penrose's Gödelian Argument*), Penrose enfatizza in modo improprio la nozione globale di validità.

La critica di Feferman si appunta all'interpretazione che lo stesso Penrose propone, per il proprio argomento, alle pp. 126-127 dell'edizione italiana di *Shadows of the Mind*. Qui Penrose afferma che, per i suoi scopi, algoritmi e sistemi formali, come procedure per accedere alla verità, possono essere considerati equivalenti.

Infatti per ogni algoritmo P, esisterebbe un sistema formale **P**, che riassegna il valore di verità vero a tutte le proposizioni matematiche vere, ottenibili mediante P. Perciò l'argomento gödeliano, sebbene svoltosi in termini di computi, inerisce anche ai sistemi formali.

Scrive Penrose in particolare: "Il mio procedimento algoritmico A gioca il ruolo del sistema formale **F** nel teorema originario di Gödel: algoritmo A ↔ regole di **F**.[140]"

Quindi la proposizione: "$C_k(k)$ non si arresta", non decidibile mediante A, ma percepita come vera finché si riconosce la validità di A, corrisponderebbe all' asserzione, indicata da Penrose con G(**F**), della consistenza del sistema formale **F**. Cioè:

'$C_k(k)$ non si arresta' ↔ G(**F**).

Anche G(**F**) sarebbe infatti percepita come vera in funzione della validità di **F**: "Il punto essenziale, per i nostri scopi, è: la fiducia nella *validità* implica la fiducia nella *consistenza*"[141]. Ma, per Penrose, che il sistema **F** sia valido significa ora che gli assiomi e ciò che ne consegue, grazie alle

---

[140]R. Penrose, *Shadows of the Mind*, *op. cit.*(trad. it., p. 126).

[141]*Ivi*, p. 127.

regole di derivazione, alludano a verità matematiche reali. Se "una proposizione è derivata con il valore **vero**, allora *deve essere realmente vera*"[142]. È perché il valore di verità assegnato a una proposizione rispecchia per Penrose l'esistenza autonoma di un vero matematico assoluto, che **vero** (come valore di verità) implica vero (come realtà matematica assoluta), e **falso** implica falso. Perciò, prosegue Penrose, "Non abbiamo alcun diritto di usare le regole di un sistema formale **F**, e di credere che i risultati, derivati da esso, siano realmente *veri*, senza credere anche nella consistenza di quel sistema formale"[143]. Così Feferman sintetizza questo ragionamento: "The argument goes something as follows: how could we know that F is sound if we did not understand what F is about - its intended interpretation - and see that the axioms of F are all *true* of that interpretation and that its rules of inference all preserve *truth*? (...) And once we recognize the soundness of a system F (...) we see that G(F) is true"[144].

---

[142]*Ivi*, p. 126.

[143]*Ivi*, p. 127.

[144]Nel suo articolo Feferman addebita a Penrose anche una serie di errori tecnici, o "(mis)treatment of the logical facts". Questi errori sono stati da Penrose emendati nell'edizione successiva di *Shadows of the mind.* [S. Feferman, "*Penrose's Gödelian Argument*", «Psyche»,

L'obiezione immediata di Feferman è che non occorre poggiare l'accertamento della verità di G(**F**) sulla globale validità di **F**. Come si sa, per esempio dagli sforzi dello stesso Gödel o di Gentzen, in una accezione più morbida del programma finitario, la coerenza della teoria elementare dei numeri diventa dimostrabile. Lo stesso Feferman ha inoltre presentato un controesempio al secondo teorema di incompletezza di Gödel, tale che, con un'apposita costruzione, l'enunciato Wid(P): "P è consistente", diviene dimostrabile nel sistema.

Feferman rimprovera ancora a Penrose di avere giudicato il proprio platonismo una sorta di atteggiamento condiviso tra i matematici. Ma nessuna filosofia della matematica incontra un universale plauso perciò, qualora in generale un matematico nutrisse simili convinzioni, esse non costituirebbero in alcun modo il metro con cui valutare l'accettabilità di un risultato conseguito. Così, per quanto proprio Gödel abbia palesato nelle sue lettere di aderire a un'idea di verità matematica oggettiva, i teoremi di incompletezza non si impongono certo in virtù di questo credo. Tuttavia, prescindendo dall'interpretazione appena descritta, la critica di Feferman non colpisce in modo diretto l'argomento gödeliano, che non abbisogna per sostenersi del

2(7) 1995 (<http://psyche.cs.monash.edu.au/v2/psyche-2-07-feferman.html> p. 6).]

significato dilatato di validità, ma solo del criterio del corretto funzionamento di A[145].

5. ***Scrupoli di Penrose***

5.a. ***Algoritmi alternativi***

Una nuova questione sembra invece compromettere, in maniera determinante, l'argomento gödeliano. Penrose ha concluso rimarcando per l'intuire matematico la sua non riducibilità a un qualunque processo algoritmico, a patto che di tale processo si riconosca, con pieno intendimento, la correttezza.

---

[145]Alla critica di Feferman ("Penrose tends to emphasize the global notion of soundness and to tie it to his Platonistic philosophy of mathematics"), Penrose replica infatti: "It's the weaker notion of soundness that would be sufficient for all the "Gödelian" arguments that I actually use in Part 1 of *Shadows*, though for some of the more philosophical discussions, I had in mind soundness in a stronger sense". [R. Penrose, "*Beyond the Doubting of a Shadow. A Reply to Commentaries on Shadows of the Mind*", «Psyche», 2(23), 1996 (<http://psyche.cs.monash.edu.au/v2/psyche-2-23-penrose.html> p. 3)]. In difesa del proprio argomento, Penrose aggiunge ancora che gli errori rilevati da Feferman "are concerned essentially with this link of communication with the outside (scientific, philosophical, mathematical, etc.) world, and not with the internal reasonings that consitute the essential Gödelian arguments of *Shadows*" (*ivi*, p. 4).

Proprio questa premessa, esigendo per ogni algoritmo compreso in A l'essere conoscibilmente valido, vanifica le pretivi, ese dell'argomento gödeliano: esso non fronteggia qualunque variante dell'ipotesi computazionale.

Rimane aperta l'eventualità che l'intuizione avvenga secondo un algoritmo, di per sé valido, eppure troppo complesso perché se ne sappia appurare, in modo cosciente, la correttezza. In *Shadows of the Mind*, Penrose sembrerebbe per un momento discutere simile evenienza.

Si legge infatti: "Dobbiamo considerare che, in accordo con G, la comprensione matematica potrebbe essere il risultato di qualche algoritmo non valido o inconoscibile, o forse valido e conoscibile ma non conoscibilmente valido"[146]. Lo svolgimento successivo però si limita alla trattazione dei due casi:

a) un algoritmo abbastanza semplice, da definirsi, in linea di principio, "consciamente conoscibile", determina in modo inconscio la comprensione del matematico;

b) un algoritmo al di là della portata della comprensione umana, o "inconsciamente inconoscibile", guida questa stessa comprensione.

---

[146]R. Penrose, *Shadows of the mind*, *op. cit.* (trad. it., p. 167).

5.b. ***Algoritmo consciamente conoscibile***

Penrose rigetta la prima ipotesi, tacciandola di scarsa credibilità. Se infatti l'algoritmo fosse semplice a sufficienza, il matematico che giungesse ad apprezzarlo in ogni suo aspetto, ne stimerebbe, a fortiori, in modo consapevole anche la correttezza. Ma, dal momento in cui la sua validità fosse divenuta nota, tale algoritmo ricadrebbe nel dominio dell'argomento gödeliano.

In virtù dell'interpretazione già criticata da Feferman, Penrose però sfrutta la propria equivalenza: algoritmo A ↔ regole di **F**, per trasferire la disamina da un algoritmo F al sistema formale **F** descritto da Gödel nel saggio del 1931. Quando, secondo Penrose, il matematico si sia persuaso della inconfutabile validità (nell'accezione forte di verità obiettiva) di **F,** egli sarà convinto anche della sua consistenza. Ma l'enunciato G(**F**), per quanto vero, non compare tra i teoremi di **F;** dunque, prosegue Penrose, **F** non racchiude tutto ciò cui della matematica l'intuizione umana accede. Il richiamo a **F** costituisce in realtà, una falsa traccia: "The reference to formal systems becomes a red herring" commenta H. Putnam. "To reject the possibility that such a formal system might simulate the output of a idealized mathematician (...) is to give no argument at all"[147].

---

[147]H. Putnam, "*Review of Shadows of the Mind*", «Bulletin of the American Mathematical Society», 32 (1995), pp. 370-373

Coinvolgendo **F** infatti Penrose esibisce di nuovo e solamente come esso non formalizzi in sé l'intera matematica; e nulla ottiene di provare circa i processi della comprensione umana.

5.c. ***Penrose si confronta con Gödel***

Ma il ricorso al sistema formale **F** serve probabilmente a Penrose, per indebolire il peso dell'autorità di Gödel. Questi alla Gibbs Lecture, tenuta a Providence nel 1951, aveva dichiarato come, sulla base dei risultati di incompletezza, non fosse lecito escludere la possibilità dell'esistenza di una macchina per dimostrare teoremi, davvero equivalente all'intuizione matematica.

Questa equivalenza resterebbe, al tempo stesso, non passibile di ricevere una prova; se infatti il concetto della intuizione matematica coincidesse con quello di sistema formale, la prova di questo coincidere richiederebbe un sistema più ampio, e perciò più forte, dell'intuizione medesima.

Penrose ritiene di affrontare in modo esauriente l'eventualità logica, racchiusa nelle parole di Gödel, riducendo, grazie alla mediazione del sistema formale **F**, la

---

(<www.ams.org/journals/bull/pre-1996-data/199507/1999507015.tex.html> p. 3).

macchina per dimostrare teoremi al procedimento algoritmico F, in sintonia con uno dei due casi prima indicati. Così nel caso a: "la presunta macchina dimostra teoremi di Gödel potrebbe essere, come da lui fatto notare, 'empiricamente scopribile', il che corrisponde alla richiesta che F sia 'consciamente conoscibile'"[148].

Inoltre il requisito che F guidi l'intuire del matematico in modo inconscio, esprimerebbe la reale ma non dimostrabile equivalenza tra macchina e intuizione.

Ma, poiché slittando, nel corso della disamina, da un algoritmo F allo specifico sistema formale **F** di Gödel 31, Penrose non approda che alla consueta G(**F**), egli è costretto ad ammettere: "niente di ciò ci dice che un simile F - la presunta 'macchina per dimostrare teoremi' di Gödel - sia impossibile"[149], dove F è ora, secondo l'interpretazione: algoritmo A $\leftrightarrow$ regole di **F**, quel preciso procedimento che accede alle stesse verità di **F.**

Non trovando elementi capaci di sventare in modo inequivoco il sospetto computazionale, Penrose ripara in un luogo retorico: poiché non si dispone del minimo indizio di esistenza di un simile F, né di un suggerimento che illumini la sua natura, non conviene a chi pratica l'IA contare sulla

---

[148]R. Penrose, *Shadows of the Mind, op. cit.* (trad. it., p. 171).

[149]R. Penrose, *Shadows of the Mind, op. cit.* (trad. it., p. 176).

ricerca di questa procedura algoritmica, troppo dubbia per meritare che le si consacrino gli sforzi umani.

5.d. *Algoritmo inconsciamente inconoscibile*

Nel caso b: la qualifica di 'inconsciamente inconoscibile', attribuita all'algoritmo F, porta all'estremo la non dimostrabilità di un presunto carattere meccanico dell'intuizione matematica, lasciando scivolare tutto intero F oltre i margini dell'umano comprendere. Penrose intende qui con le parole 'inconsciamente inconoscibile', che la specificazione concreta di come una macchina di Turing esegua F, o persino quella del numero che codifichi tale esecuzione, elude le capacità della mente. Ma se di questo algoritmo, destinato a sottrarsi alla conoscenza, nulla si può precisare, nemmeno i praticanti dell'IA ne trarranno vantaggio. A chi creda infatti che con il secondo caso illustrato si fornisca il fondamento alla comprensione matematica, non resta che affidarsi, per spiegare la genesi e la struttura di F, all'intervento divino.

6. *Putnam centra il bersaglio*

Anche accettando di escludere i punti descritti da Penrose, in quanto poco plausibili o infruttuosi, resta nella discussione, come nota Putnam, un'ovvia lacuna, un fattore che, a differenza dei precedenti due, sfalda l'argomento gödeliano. "But there is an obvious lacuna: the possibility of a program which we could write down but wich is not 'simple enough to appreciate in a perfectly conscious way' is overlooked"[150]. Osserva Putnam che gli attuali programmi per computer spesso raggiungono una complessità[151] tale da

---

[150]H. Putnam, *art. cit.*, p. 3.

[151]A differenza di Penrose, Lucas si chiede, in chiusura del suo articolo, *Minds, Machines and Gödel*, che cosa accadrebbe superando, nella costruzione della macchina, un livello critico di complessità. Egli ammette allora: "Although it sounds implausible, it might turn out that above a certain level of complexity, a machine ceased to be predictable, even in principle, and started doing things on its own account, or, to use a very revealing phrase, it might begin to have a mind of its own". In tal caso per Lucas la macchina dovrebbe cessare di essere prevedibile, per esibire un comportamento intelligente, che non dipenda strettamente da quanto immesso in fase di programmazione. Ma, di nuovo, una macchina siffatta non sarebbe modello meccanico della mente; essa sfuggirebbe infatti ai "principi meccanici" (mechanical principles) essenziali: che il funzionamento del tutto sia comprensibile mediante quello delle parti, e che di ogni parte l'operare risulti determinato da precise condizioni iniziali. Diventa perfino improprio applicare il termine macchina a questa "creatura" complessa: "we should take care to stress that although what was created looked like a machine, it was not one really"; ci troviamo infatti di fronte a una mente. Ora sembra realizzarsi una convergenza singolare tra le frasi di Lucas e la speranza più audace dell'intelligenza artificiale, all'insegna della costruzione plausibile della creatura: "There would then be two ways of bringing new minds into the world, the traditional way, by

non sapersi con esattezza spiegare come in pratica lavorino. "Actual programs sometimes consist of thousands of lines of code, and it can happen that by the time a program has been tinkered with and debugged no one is really able to explain exactly how it works"[152].

Questi programmi non risultano quindi trasparenti a un apprezzamento conscio; ma, in quanto scritti da mano umana, non si definiscono neppure come inconsciamente inconoscibili. Sulla scia di queste considerazioni, è lecito immaginare che un algoritmo simuli con successo le abilità di un matematico. Tale algoritmo potrebbe per esempio derivare da tutte e sole quelle regole, che un matematico

---

begetting children born of women, and a new way by constructing very, very complicated systems of, says, valves and relays". Allora non si sa più in che senso Lucas pensi di avere confutato il meccanicismo, se non rispetto a quell'accezione, volutamente modesta, dei due basilari "mechanical principles"; eppure egli non rinuncia a quella specie di formula magica, che sembra essere per molti il teorema di Gödel, e a questo affida il segreto del significato della parola "macchina": "any system wich was not floored by the Gödel question was *eo ipso* not a Turing machine, i.e., not a machine within the meaning of the act". Non resta che ricordare come, poche righe prima, lo Lucas avesse dichiarato che solo una macchina, inconsistente sì ma pur sempre macchina, potrebbe eludere i limiti imposti dal teorema di Gödel, per concludere che Lucas è inconsistente (J. R. Lucas, *art. cit.*, pp. 8-9).

[152]H. Putnam, *art. cit.*, p. 2.

utilizza con razionale consapevolezza della loro validità; tuttavia esso rimarrebbe oscuro alla nostra comprensione.

"Then we might not be able to appreciate it in a perfectly conscious way, in the sense of understanding it or of being able to say whether it is plausible or implausible that it should output correct mathematical proofs and only correct mathematical proofs."[153] La descrizione di un

---

[153]*Ibidem.* Conclusioni affini sono quelle tratte da Paul Thagard, che all'argomento di Penrose dedica alcune pagine del suo saggio *Mind. Introduction to Cognitive Science*, Massachusetts Institute of Technology, 1996 (trad. it. di A. M. Marchini, *La mente*, Guerini e Associati, Milano, 1998). Il punto debole dell'argomento di Penrose sta, anche per Thagard, nel presupposto che un modello computazionale della mente sia conoscibilmente corretto. Si supponga infatti di disporre del modello cognitivo completo di un matematico (Modello Cognitivo Aritmetico o MCA); il programma che lo implementa non potrà che essere, per la sua alta complessità, il frutto dell'ideazione e dello studio non di un singolo ma di molti. Nessuno allora conoscerà l'insieme di tutti gli algoritmi di MCA; nessuno saprà, per lo stesso motivo, tradurre questo modello in una macchina di Turing equivalente. Se del resto si riuscisse a realizzare tale traduzione in maniera automatizzata, ugualmente la sua comprensione integrale resterebbe inaccessibile: soltanto parti dell'algoritmo globale della macchina di Turing o dei sistemi formali della MCA verrebbero riconosciuti, non mai l'intero. Quand'anche quindi fosse corretto il Modello Cognitivo Aritmetico, e così lo fosse la sua traduzione in macchina di Turing, ciò resterebbe impossibile da dimostrare.

programma, troppo complicato perché se ne garantisca la correttezza, incarna, meglio di quanto non facciano i due casi proposti da Penrose, quell'idea di macchina dimostra teoremi, prospettata alla conferenza di Providence. Le affermazioni di Putnam ripercorrono quasi fedelmente le parole di Gödel: "non può neppure essere dimostrato che (la macchina dimostra teoremi) dia soltanto teoremi corretti della teoria finitista dei numeri"[154]. Se dunque l'intuizione del matematico umano fosse sorretta da un algoritmo simile a quello di cui Putnam abbozza i connotati, la trasparente comprensione del suo funzionamento incontrerebbe le stesse difficoltà rinvenute di fronte al programma che cerca di simularla. Ma non potendosi dimostrare l'equivalenza tra l'azione della macchina e i processi mentali del matematico, anche la ricerca di una prova della natura algoritmica di questi ultimi dovrebbe rivelarsi priva di risoluzione.

[154]R. Penrose, *Shadows of the Mind, op. cit.* (trad. it., p. 165).

EPILOGO

Mentre gli autori, in questa sezione esaminati, si professano, pur nelle grandi divergenze che li separano, monisti quanto all'esistenza di una sola sostanza: quella cerebrale, al contrario le convinzioni di Gödel inclinavano verso un dualismo, atipico tanto per la sua epoca quanto per la nostra. Egli condivideva l'opinione che il cervello umano funzionasse come un calcolatore, ma attendeva dalla scienza una confutazione di quello che giudicava come un pregiudizio del suo tempo: che non sussista alcuna mente separata dalla materia. Rispetto a questo punto, Gödel credeva che le argomentazioni, fino a quel momento prodotte, per stabilire il parallelismo di mente e macchina, fossero inconclusive. Quanto per esempio sostenuto da Turing, che i procedimenti mentali non portino più in là di quelli meccanici, si baserebbe per Gödel su di un'assunzione errata: quella di una mente statica, capace di presentarsi soltanto in un numero finito di stati distinguibili. Ma nel suo uso, la mente diviene invece dinamica e, mentre sempre nuove intuizioni le si affacciano, essa si sviluppa di continuo. "Benché ad ogni stadio di sviluppo della mente il numero dei suoi stati possibili sia finito, non c'è ragione per cui questo numero non debba convergere all'infinito nel corso dello sviluppo di essa"[155].

Con la consueta lucidità, Gödel non mancava di distinguere tra le personali opinioni e quanto deducibile in modo legittimo dai teoremi di incompletezza. Come si è detto, egli non reputava sufficienti i suoi risultati, a escludere l'ipotesi di una affinità tra menti e macchine.

E forse l'unico sbocco per la disputa inconcludente, scatenata attorno ai libri di Hofstadter e Penrose, sta proprio nella constatazione che i teoremi di Gödel non offrano di per sé quell'elemento decisivo e probante, per stabilire, tra il modello computazionale della mente e il suo contrario, quale sia quello veritiero. Per chi già crede, come Hofstadter, a una fondamentale somiglianza tra i processi mentali e l'istanziazione di un programma, i teoremi di Gödel indicano un limite costituzionale a ciò che all'uomo è dato sapere su se stesso. Per chi invece, come Penrose, rivendica una altrettanto basilare differenza, i medesimi teoremi vengono a significare che nell'uomo vive un'idea di verità irriducibile ai meccanismi di qualsiasi sistema formale.

Ma, in entrambi i casi, più che fornire una prova discriminante, i teoremi si interpretano in funzione di ciò che con essi si desidererebbe dimostrare. Come se l'essenza

[155]In H. Wang, *op. cit.* (trad. it., p. 341).

algoritmica o, all'opposto, non computazionale del pensiero fosse già stata provata per vera, si traggono dai teoremi, piegati a quelle convinzioni, conseguenze con le quali si pretende poi di sostenere, come se avessero respiro autonomo, proprio quel che le motiva. La querelle di questi autori contemporanei sfiora spesso la sterile polemica e, bramosa di strappare consensi, scambia le proprie speranze per scientifiche deduzioni. Il singolare, involontario abuso, che induce a traslare il risultato di incompletezza dai sistemi formali alle menti, accomuna Hofstadter e Penrose, i loro emuli e i loro detrattori. Ma, qualunque sia il punto di vista con cui si vogliono esaminare i processi cognitivi, se c'è una risposta ultima alla scelta di un modello per la mente, essa non sembra riposare nel teorema di Gödel.

BIBLIOGRAFIA

Agazzi, E. (1961), *Introduzione ai problemi dell'assiomatica*, Vita e pensiero, Milano.

Benacerraf, P. e Putnam, H. (1964, a cura di), *Philosophy of Mathematics: selected readings*, Prentice-Hall, Englewood Cliffs/Blackwell, Oxford.

Bojadziev, D. (1997), *Mind versus Gödel*, in M. Gams, M. Paprzycki, X. Wu (a cura di), *Mind Versus Computer*, IOS Press, pp. 202-210; <http://nl.ijs.si/~damjan/g-m-c.html>.

Brouwer, L. E. J. (1981), *Brouwer's Cambridge Lectures on Intuitionism*, Cambridge University Press, Cambridge; trad. it. di S. Bernini, *Lezioni sull'Intuizionismo: Cambridge 1946-1951*, Boringhieri, Torino, 1983.

Cagnoni, D. (1981, a cura di), *Teoria della dimostrazione*, Feltrinelli, Milano.

Cantini, A. (1979, a cura di), *I fondamenti della matematica da Dedekind a Tarski*, Loescher, Torino.

Casari, E. (1973, a cura di), *La filosofia della matematica del '900*, Sansoni, Firenze.

Casari, E. (1979, a cura di), *Dalla logica alla metalogica*, Sansoni, Firenze.

Cellucci, C. (1967, a cura di), *La filosofia della matematica*, Laterza, Bari.

Cellucci, C. (1978, a cura di), *Il paradiso di Cantor*, Bibliopolis, Napoli.

Chaitin, G. J. (1975), *Casualità e dimostrazione in matematica*, "Le Scienze", 85, pp. 30-35.

Chaitin, G. J. (1982), *Gödel's Theorem and Information*, "International Journal of Theoretical Physics", 22, pp. 941-954.

Copeland, B. J. (1998), *Turing's O-Machines, Searle, Penrose and the Brain*, "Analysis", 58, n. 2.

Copeland, B. J., Proudfoot, D. (1999), *Alan Turing e le reti neurali*, "Le Scienze", 370, pp. 94-101.

Dawson, J. W., Jr. (1985), *Completing the Gödel-Zermelo correspondence*, "Historia Mathematica", 12, pp. 66-70.

Di Francesco, M. (1995), *Introduzione a Russell*, Laterza, Bari.

Feferman, S. (1995), Penrose's Gödelian Argument: a Review of *Shadows of the Mind*, *Psyche»*, 2(7); <http://psyche.cs.monash.edu.au/v2/psyche-2-07-feferman.html>.

Frege, G. (1884), *Grundlagen der Arithmetik*, Koebner, Breslau; trad. it. in *Logica e aritmetica,* a cura di C. Mangione, Boringhieri, Torino, 1965, pp. 211-349.

Frege, G. (1969), *Nachgelassene Schriften und wissenschaftlicher Briefwechsel*, vol. 1, a cura di H. Hermes, F. Kambartel, F. Kaulbach, Meiner, Hamburg; trad. it. di E. Picardi, *Scritti postumi*, Bibliopolis, Napoli, 1986.

Frege, G. (1976), *Wissenschaftlicher Briefwechsel*, a cura di G. Gabriel, H. Hermes, F. Kambartel, C. Thiel, A. Veraart, Meiner, Hamburg; trad. it. parziale di A. M. Obwexer, *Alle origini della nuova logica,* Boringhieri, Torino 1983.

Genesereth, M. R., Nilsson, N. J. (1987), *Logical Foundations of Artificial Intelligence*, Morgan Kaufmann, Los Altos.

Gödel, K. (1986), *Collected Works,* vol. I: *Publications 1929-1936*, a cura di S. Feferman, J. W. Dawson Jr., S. C. Kleene, G. H. Moore, R. M. Solovay, J. van Heijenoort, Oxford University Press, New York -

Oxford; trad. it. di E. Ballo , S. Bozzi, G. Lolli, C. Mangione, *Opere,* vol. 1: *1929-1936*, Bollati Boringhieri, Torino, 1999.

Gödel, K. (1990), *Collected Works,* vol. II, *Publications 1938-1974*, a cura di S. Feferman, J. W. Dawson Jr., S. C. Kleene, G. H. Moore, R. M. Solovay, J. van Heijenoort, Oxford University Press, New York - Oxford; trad. it. di E. Ballo, G. Lolli, C. Mangione, *Opere,* vol. 2, Bollati Boringhieri, Torino, 2002.

Gödel, K. (1995), *Collected Works,* vol. III, *Unpublisched essays and lectures,* a cura di S. Feferman, J. W. Dawson Jr., W. Goldfarb, C. Parsons, R. M. Solovay, Oxford University Press, New York - Oxford; trad. it di E. Ballo, C. Mangione, C. Lolli, P. Pagli, *Opere*, vol. 3, Bollati Boringhieri, Torino, 2006

Gödel, K. (2002), *Collected Works,* vol. IV, *Selected Correspondence, A-G,* a cura di S. Feferman, J. W. Dawson Jr., W. Goldfarb, C. Parson; Oxford University Press, New York - Oxford.

Gödel, K. (2002), *Collected Works,* vol. V, *Selected Correspondence, H-Z,* a cura di S. Feferman, J. W. Dawson Jr., W. Goldfarb, C. Parson; Oxford University Press, New York - Oxford.

Gödel, R., Tausski-Todd, O., Kleene, S.C., Kreisel, G. (1987), *Gödel Remembered,* Bibliopolis, Napoli.

Grattan-Guinness, I. (1979), *In Memoriam Kurt Gödel: his 1931 correspondence with Zermelo on his incompletability theorem,* "Historia Mathematica", 6, pp. 294-304.

Grush, R., Churchland, P. S. (1995), *Gaps in Penrose's toilings,* "Journal of Consciousness Studies", 2, pp. 10-29.

Guerrerio, G. (2001), *Kurt Gödel: paradossi logici e verità matematica, I grandi della scienza*, 19, (Le Scienze).

Hilbert, D. (1899), *Grundlagen der Geometrie*, Teubner, Leipzig; trad. it. di P. Canetta, *Fondamenti della geometria*, Feltrinelli, Milano, 1970.

Hilbert, D. (1978), *Ricerche sui fondamenti della matematica*, antologia a cura di Vito Michele Abrusci, Bibliopolis, Napoli.

Hofstadter, D. R. (1979), *Gödel, Escher, Bach: an Eternal Golden Braid*, Basic Books, New York; trad. it. di B. Veit, G. Longo, G. Trautteur, S. Termini, B. Garofalo, *Gödel, Escher, Bach: un'eterna ghirlanda brillante,* Adelphi, Milano, 1994.

Hofstadter, D. R., Dennett, D. C. (1981, a cura di), *The Mind's I. Fantasies and Reflections on Self and Soul*, Basic Books, New York; trad. it. G. Longo, *L'io della mente. Fantasie e riflessioni sul sé e sull'anima,* Adelphi, Milano, 1985.

Kant, I. (1781), *Kritik der reinen Vernunft*, Hartknoch, Riga, 2° ed. 1787; trad. it. G. Colli, *Critica della ragione pura*, Rizzoli, Milano, 1996.

Kline, M. (1972), *Mathematical Thought from Ancient to Modern Times*, Oxford University Press, New York; trad. it. L. Lamberti, *Storia del pensiero matematico*, 2 vol., Einaudi, Torino, 1991.

Lolli, G. (1992), *Incompletezza: saggio su Kurt Gödel*, Mulino, Bologna.

Lolli, G. (1991), *Introduzione alla logica formale*, Mulino, Bologna.

Lolli, G. (1985), *Le ragioni fisiche e le dimostrazioni matematiche*, Mulino, Bologna.

Lucas, J. R. (1961), *Minds, machines and Gödel*, "Philosophy", 36, pp. 112-127; rist. in Anderson, A. R. (a cura di), *Minds and Machines*, Englewood Cliffs (N.J.), Prentice-Hall, 1964, pp. 43-59; <http://users.ox.ac.uk/~jrlucas/mmg.html>.

Magnani, L., Gennari, R. (1997), *Manuale di logica*, Guerini e Associati, Milano.

Mangione, C., Bozzi, S. (1993), *Storia della logica: da Boole ai nostri giorni*, Garzanti, Milano.

Mendelson, E. (1964), *Introduction to Mathematical Logic*, D. Van Nostrand Company, Princeton, (N.J.); trad. it. T. Pallucchini, *Introduzione alla logica matematica*, Boringhieri, Torino 1972.

Nagel, E., Newman, J. R. (1958), *Gödel's proof*, New York University Press, New York; trad. it. L. Bianchi, S. Cerito, *La prova di Gödel*, Bollati Boringhieri, Torino, 1992.

Penrose, R. (1989), *The Emperor's New Mind: Concerning computers, minds, and the laws of physics*, Oxford University Press, Oxford; trad. it. di L. Sosio, *La mente nuova dell'imperatore: la mente, i computers, le leggi della fisica*, Rizzoli, Milano, 1992.

Penrose, R. (1994), *Shadows of the Mind: A search for missing science of consciousness,* Oxford University Press, Oxford; trad. it. di E. Diana, *Ombre della mente: alla ricerca della coscienza*, Rizzoli, Milano, 1996.

Penrose, R. (1996), *Beyond the Doubting of a Shadow: a Reply to Commentaries on* S*hadows of the Mind*, "Psyche", 2 (23); <http://psyche.cs.monash.edu.au/v2/psyche-2-23-penrose.html>.

Penrose, R. (1997), *The Large, the Small and the Human Mind*, Cambridge University Press, Cambridge; trad. it. di N. Notarianni, *Il grande, il piccolo e la mente umana*, Cortina, Milano, 1998.

Putnam, H. (1981), *Ricorsività*, *Enciclopedia Einaudi*, vol. 12, Einaudi, Torino, pp. 33-61.

Putnam, H. (1995), *Review of Shadows of the Mind*, "Bulletin of the American Mathematical Society", 32, pp. 370-373; <www.ams.org/jounals/bull/pre-1996 data/199507/1999507015.tex.html>.

Ramsey, F. P. (1925), *The Foundations of Mathematics*, "Proceedings of the London Mathematical Society", serie 2, 25, pp. 338-384; rist. in *The Foundations of Mathematics and other logical essays*, Kegan Paul, London, 1931, pp. 1-61; trad. it. di E. Belli-Nicoletti, M. Valente, *I fondamenti della matematica e altri scritti di logica*, Feltrinelli, Milano, 1964.

Rasetti, M. (2000), *Dal bit al qu-bit: per sfidare la complessità*, "Le Scienze", 385, pp. 82-88.

Regge, T. (1999), *L'universo senza fine. Breve storia del Tutto: passato e futuro del cosmo*, Mondadori, Milano.

Rivetti Barbò, F. (1964), *L'antinomia del mentitore nel pensiero contemporaneo. Da Pierce a Tarski*, Vita e Pensiero, Milano, (2° ed. rivista 1964).

Russell, B. (1903), *The Principles of Mathematics*, Cambridge University Press, Cambridge; trad. it. di L. Geymonat, *I Principi della matematica*, Longanesi, Milano 1951.

Russell, B. (1919), *Introduction to Mathematical Philosophy*, Allen and Unwin, London; trad. it. di L. Pavolini, *Introduzione alla filosofia matematica*, Longanesi, Milano 1947.

Searle, J. R. (1990), *La mente è un programma?*, "Le Scienze", 259, pp. 16-21.

Shanker, S. G. (1988, a cura di), *Gödel's Theorem in focus*, Croom Helm, London; trad. it. di P. Pagli, *Il teorema di Gödel. Una messa a fuoco*, Muzzio, Padova, 1991.

Somenzi V., Cordeschi R. (1986, a cura di), *La filosofia degli automi*, Boringhieri, Torino.

Tarski, A. (1944), *The semantic conception of truth and the foundations of semantics*, "Philosophy and Phenomenological Research", 4, pp. 341-376.

Thagard, P. (1996), *Mind. Introduction to Cognitive Science*, Massachusetts Institute of Technology; trad. di A. M. Marchini, *La mente. Introduzione alla scienza cognitiva*, Guerini, Milano, 1998.

Wang, H. (1981), *Some facts about Kurt Gödel*, "The Journal of Symbolic Logic", 46, pp. 653-659.

Wang, H. (1974), *From Mathematics to Philosophy*, Routledge and Kegan Paul, London; trad. it. di A. Giacomelli, *Dalla matematica alla filosofia*, Boringhieri, Torino, 1984.

Whitehead, A.N., Russell B. (1910-1913), *Principia Mathematica*, Cambridge Universiy Press, Cambridge, 2° ed. 1925-1927 ; trad. it. parziale di P. Parrini, *Introduzione ai Principia Mathematica*, La Nuova Italia, Firenze, 1977.

Finito di stampare nel mese di ottobre 2007

Per conto di Lulu, California, Stati Uniti

www.ingramcontent.com/pod-product-compliance
Ingram Content Group UK Ltd.
Pitfield, Milton Keynes, MK11 3LW, UK
UKHW012215240726
13966UKWH00003B/778

9 781847 997890